心灵圣经丛书

感动亿万青少年的亲情故事

爱的城堡

刘东伟 著

暨南大学出版社
JINAN UNIVERSITY PRESS

中国·广州

图书在版编目（CIP）数据

爱的城堡/刘东伟著．—广州：暨南大学出版社，2014.8
（心灵圣经丛书）
ISBN 978－7－5668－1073－1

Ⅰ．①爱…　Ⅱ．①刘…　Ⅲ．①故事—作品集—中国—当代
Ⅳ．①Ⅰ247.8

中国版本图书馆 CIP 数据核字（2014）第 143386 号

出版发行：暨南大学出版社

地　址：中国广州暨南大学
电　话：总编室（8620）85221601
营销部（8620）85225284　85228291　85228292（邮购）
传　真：（8620）85221583（办公室）　85223774（营销部）
邮　编：510630
网　址：http：//www.jnupress.com　http：//press.jnu.edu.cn

排　版：广州市天河星辰文化发展部照排中心
印　刷：深圳市新联美术印刷有限公司

开　本：880mm×1230mm　1/32
印　张：5.25
字　数：130 千
版　次：2014 年 8 月第 1 版
印　次：2014 年 8 月第 1 次

定　价：19.80 元

自　序

青少年朋友们，你们是否因为遭受挫折而倍感沮丧？是否因为经历失败而心生绝望？如果你们难以排遣这种心绪，那么，请放松下来，深呼吸三次，然后慢慢打开此书，去阅读那一个个能触动你心灵的故事。

没有谁的人生是一帆风顺的，在人的成长过程中，尤其青少年，总会遇到一次又一次的困难和挫折，凡是走向成功的总是那些永不放弃、从不言败的人，是那些懂得真情且能被真情感动的人。

无论是读报、看电视，还是上网，总能发现一些青少年自暴自弃的现象。事实上，他们都能够重新站起来，甚至比身边的人“站”得更高。为什么他们中的一些遭遇挫折后会一蹶不振？为什么他们经历失败后便从此沉寂无声？因为他们缺乏坚强的信念！因为他们缺乏顽强的意志！因为他们缺乏亲情的力量！

面对挫折，你是选择迎难而上，还是选择退缩？

选择退缩，消极地沉浸在挫折中，你势必很快被风浪淹没，而积极地迎难而上，与困难斗争，迎来的便是美好的天空。

巴尔扎克在自己的手杖上写着："我能战胜一切挫折。"正是这种坚强的信念，才使巴尔扎克成为举世闻名的大文豪。在巨大的不幸面前，曹雪芹倾注满腔心血，写出了不朽的名著《红楼梦》；在巨大的挫折面前，奥斯特洛夫斯基用手摸索着，完成了《钢铁是怎样炼成的》。还有海伦·凯勒，她是在黑暗中、在无声的世界里学会了写字，学会了生存，然后才写成了《假如给我三天光明》。面对挫折，他们选择了坚强，选择了追求，也就选择了成功。

生命的意义在于顽强不息、永不放弃，在于不断地追求，攀登更高的山峰。当我们落在他人身后，目睹他人的成功后就放弃了拼搏，那么，我们只会和成功者的距离越来越远。

本书精选了近几年作者最具有代表性的原创作品，或者鼓舞斗志，或者触动心灵，或者启迪人生，希望这套"心灵圣经"丛书能够抵达读者的灵魂深处，化作读者精神的力量，去点燃成功的薪火，照亮人生之路。

刘东伟

2014 年 5 月于山东乐陵

目录 CONTENTS

第二辑　母爱似水

第三辑 儿女感恩

第四辑 骨肉相亲

第一辑 父爱如山

恐惧时，父爱是一块踏脚的石；黑暗时，父爱是一盏照明的灯；枯竭时，父爱是一湾生命之水；努力时，父爱是精神上的支柱；成功时，父爱又是鼓励与警钟。

——高尔基

暖暖的烤地瓜

不知怎的，时间一长，就想吃父亲烤的地瓜。

小时候，父亲做饭时，常把几块地瓜扔进灶膛里，然后用火棍把它们挨个排在灶膛的两边，不紧不慢地翻着。饭熟了，地瓜也烤得差不多了，父亲便用火棍钩出一个来。刚出灶膛的地瓜很烫，父亲捧在手里，反复地颠几下，然后吹掉上面的烟灰递给我，再把剩下的烤地瓜埋进渐渐熄灭的火堆里，保持温度。我接过地瓜，剥开它焦黑的外皮，里面的颜色红艳艳的，像是冒着油，香喷喷的味道扑鼻而来，咬一口吞进肚里，心里暖融融的舒服……

等我参加工作后，就很少吃到父亲烤的地瓜了。有时候，街上也能看到一些小贩，在街头巷尾支着烤地瓜的摊儿，我常会走去买一块，但总感觉不如父亲烤的地瓜香甜。

记得那天回家，父亲问我想吃什么。我说："烤地瓜。"父亲笑笑，真的把已多年不用的灶火点燃了，给我烤了几块。父亲烤的地瓜还是那么甜、那么香，吃着吃着就让我想起了许多童年的故事。

第二天，我要回城了，母亲从中午就开始帮我收拾东西。

我和父亲天南地北地闲聊着，直到傍晚，父亲才起身送我去村头坐车。父亲说，再不走，就坐不上车了。我拎着母亲给我收拾好的包，跟在父亲身后。走了一会儿，父亲突然一拍后脑勺，说："儿子，你先去村头等一会儿。"说着，父亲抬脚就往村里跑。

我在村头等了约半个小时，公交车才慢吞吞地开来，我虽然不知道父亲回家干什么，但不敢多等，急忙上了车。车缓缓地启动了，我闭上眼睛，把头靠在车窗上，想休息一会儿。这时，车内涌起一阵小小的骚动，一位中年妇女向司机说："快停下，有人赶车。"我睁开眼来，看到车后十几米处，父亲正拼命地跑过来。

车停了，父亲跑上来，把几块用袋子裹着的烤地瓜放在我怀里。

烤地瓜冒着丝丝的热气，隔着厚厚的棉衣，贴在我的心口上，只觉得胸腔里暖暖的，像燃起的火炉。我眼睛一湿，望着父亲，张了张嘴，却什么也没有说出来，只是不住地点头。

父亲下去后，车重新开动了，我从车窗向后望去，远远地看到父亲瘦小的身影仍站在路边……

父亲和他的锄头

那天，电话中传来父亲的吼叫："锄头呢，是不是你藏的?"

没想到一把锄头会让父亲发这么大的火，我仿佛看到他瞪着血红的眼睛，斑白的头发一根根竖起，样子恐怖得吓人。我说："锄头是我藏的，但我不会告诉你藏在哪儿，这一次，我说什么也不会听你的，我宁可挨你的打，挨你的骂，也要断了你在乡下安度晚年的念头。"

我在电话中一反往常对父亲的顺从，固执地和父亲对立起来。

沉默了一会儿，父亲语气缓了下来，他长叹一声，轻轻地说："娃，你不懂，爸在乡下住惯了，进城不适应。"

我说："人都会变的，你到城里来住一段时间，就会适应了。你辛辛苦苦把我拉扯大，现在，到该享福的时候了。"

"好吧，我去。"父亲终于向我低头了。

在我的印象中，父亲是一座永不倾倒的山，他脾气固执倔强，走上一条路，九头牛也别想拉回来。

趁父亲还没改变主意，我马上叫了一部出租车，把父亲接到城里来。但当父亲出现在我面前时，我却一点儿也高兴不起来。父亲一身的泥土，鞋子上、裤腿上，甚至手指甲里、眉毛胡子上都是泥。司机悄悄地告诉我："我去的时候，老爷子正趴在地上挖坑呢，院子里挖了大大小小的坑，他不停地挖，好像在寻找什么。"

我给父亲洗了澡，换上给他买的新衣服，告诉他怎么用遥控器，甚至还教他怎么上网。当然，之后的日子我也常带着父亲去广场，去公园，去老年人多的地方散步，希望他能融入到这个城市中来。但是不久，我发现，我的努力失败了。父亲还是原来的父亲，他对城市里的一草一木都不感兴趣。父亲常常呆立在阳台上，望着老家的方向。

父亲的饭量明显减少了。以前，父亲一顿能吃三个自己蒸的大馒头，而现在，一个都还没吃完就撂下了筷子。父亲的身体一天比一天虚弱，脸庞消瘦，目光呆滞无神。

有一天，我让妻子给父亲炖了一锅甲鱼汤，我想，这是父亲之前从未吃过的。甲鱼汤炖好后，我给父亲盛了一碗，又倒了一杯他最喜欢喝的高粱酒，可是，父亲一点胃口也没有。

我无可奈何地说："爸，你心里到底在想什么，说出来吧。"

父亲说："你还是送我回乡下吧。"父亲声音凄凉，看着我，像是在哀求。

我叹了口气说："好吧，明天一早我就送你回去。"

第二天，我就把父亲送回了乡下。父亲一进门就问："我的锄头呢?”我找了架梯子，靠在墙上，从屋梁的夹缝中把锄头拿了下来。

父亲用颤抖的手指抚摩着锄头，神情激动。当看到生锈的锄刃时，他微微一愣，眼眶似乎湿了。

当晚，我便在乡下住下。半夜里，我听到一阵“嚓嚓”声，爬起来一看，朦朦的月光下，父亲正坐在门槛上，把锄刃放在石头上，一下一下地磨着。

父亲一边磨一边对锄头说:“老伙计，分别了这么久，想我了吧……我知道你会想我的，把你留在乡下，我也舍不得啊。”

我的鼻子一酸，想不到父亲对锄头竟有这么深的感情。

父亲看到我出来，就指指身边的凳子，让我坐下。我有些忧闷地说:“爸，为了一把锄头，你就连自己的儿子也不亲近了?”父亲默然半晌，轻轻地说:“娃啊，你虽然生在乡下，但从小读书，毕业后也一直生活在城里，是不会理解爸对土地的那份感情的。城市生活虽是每个人都向往的，但爸这一生，经历的困苦是无法叙述的，是庄稼养活了爸，是锄头支撑了爸，爸已经习惯了这一切，还是待在乡下好，何况……”

说到这，父亲顿了一下，接着说:“何况你才刚买了房子，还要供孩子上学，再加上电费、手机费、物业管理费等，你一个月才多少收入啊。爸知道你的心情，但怎么能再给你增添负担呢?现在，农村种粮已经不纳税了，爸在乡下每年种些庄稼，收了粮食就给你送去，也能帮你省些米面钱啊……”

听到这里，我的鼻子一酸，终于明白了父亲不愿来城里生活的原因。我咬着嘴唇，久久地望着父亲。父亲就像一本书，厚厚的页码里面蕴藏着浓郁的亲情。而我，直到那一刻才真正读懂了父亲。

父亲的庄稼

父亲说，他喜欢泥土，喜欢泥土那独特的潮湿气息。田野里的父亲，像是一把犁头。他弓下腰，一头扎进泥土里，不停地亲吻着大地。

当父亲直起腰来时，庄稼便绿了。

父亲扛着锄头，开始在田埂上游走。父亲的脚步很轻，像是生怕一不小心踩疼了哪根禾苗似的。

每天凌晨，父亲起床后，去柴房里挑了担子，把缸里挑满了水，这才取下墙上那把锄头。父亲把锄头横在地上，说："老伙计，该磨光了。"说着，父亲拿起石头，先往锄刃上喷一口水，然后一下一下地打磨着。往往这时候，窝里那只花公鸡才钻出来，跳上院墙，引吭高歌。父亲便笑骂一句："懒东西，小心哪天把你做成下酒菜。"说完，父亲站了起来，锄把一伸，便挑开了天空的薄纱。父亲扛着锄头去了田里，一路上，黎明的日光落在父亲身后的锄刃上，泛着水银似的光芒。

来到田间，父亲极目远眺，往掌心里吐一口唾沫，然后弓下身子开始锄草。

当父亲再直起腰来时，秋天便到了。

等金黄的秋天变得越来越厚实的时候，父亲便会放下锄头，拿起镰刀，把大片大片的玉米秸割下来，放在身后。

这时，如果赶上周末，我总会回到乡下，帮父亲收秋。有一次，我赶回家里，见父亲不在，而且，柴房里也没有父亲的竹筐和镰刀，我就知道父亲一定是去收秋了。于是，我便赶到田里。远远地，我看见父亲弓着腰，一手抓住一把玉米秸，一手拿起镰刀，在半空中划过一道优美的弧线，玉米秸便脱离了大地，躺在父亲的身后。父亲每向前一步，身后的田野便空阔一些。我走到父亲身边，看到他油亮的脸上挂着细细的汗珠，便说："爸，你歇会儿，我来。"我接过镰刀，可是刚割了几下，父亲便拦住我说："别伤了玉米的根须。"说这话时，父亲一脸的爱惜，仿佛把玉米秸当成了自己的孩子。

我知道，父亲不只是我的父亲，也是庄稼的父亲。

当我进城工作后，父亲的感情缺少了某种寄托，因此，他常常坐在树荫下，默默地望着眼前那大片的庄稼。父亲的眼神饱含着深情，仿佛每一次的风吹草动，都牵动着他的心弦。当遇到旱涝季节，父亲的眼神便是忧郁的；当一株幼苗被夜风吹折，父亲的眼神便是忧伤的。

当玉米秸铺满田野时，父亲便开始一株株地掰玉米。掰下的玉米堆在一起，像是一座金色的小山，它们纷纷露出灿烂的脸庞，朝父亲咧着嘴笑。

到了傍晚，父亲把掰下来的玉米装到机动车上，然后又把散落的玉米拾进竹筐里，往肩上一挎。

就这样，父亲把秋天背回了家。

生命之灯

在我的心灵深处，永远亮着一盏灯，这盏“灯”就是我的父亲。

我小的时候，尤其崇拜父亲。那时候，父亲高大威武，他生命的足迹，在我幼小的脑海里留下了深刻的印象。回首往事，感慨万千。父亲虽然在县城工作，但母亲是农村户口，因此，他倒像个地地道道的庄稼汉子。农事中的耕、种、锄、收，他都从头学起，每走一步都很扎实，都淌着汗水。有时候，我会问他：“爸，你是吃‘铁饭碗’的，庄稼活干好干坏咋了?”父亲微微一笑，说：“孩子，爸是村子里为数不多的党员之一，不管干什么，都要脚踏实地，乡亲们都看着呢。”

从荒芜的土地，到绿油油的希望，再到金秋的收获，我从父亲厚实的足下，嗅到了一种又咸又涩的黄土地的气息。

那时，父亲总是比太阳早起，肩头荷着锄具，出现在辽阔的田野里。他面对着田野，深吸一口气，用深情的目光看一眼远处，然后伏下身去，我便感到一种力量的勃发。父亲的脊背像山一样结实、有力，还记得小时候，我常常骑在他的脖子上，让他像骏马一样驮着我满地跑……

直到后来，当我开始荷锄学做农事时，我蓦然发现，父亲已经老了。

从什么时候起，霜雪已染白了父亲的双鬓？从什么时候起，农事已压弯了父亲的脊背？当我开始像小牛一样在田地里撒欢时，父亲便蹲在畦背上，望着我的背影微笑，他明朗威严的目光已被一种无限的慈祥和期待所代替。

几年后，我离开了那片黄土，也走进了父亲工作过的县城，一直到现在。然而，我不会忘记和父亲共同劳作过的土地，工作之余，我常常一个人回到乡下。每当我站到那片田野前，父亲的话语就会在耳边响起："孩子，爸是村子里为数不多的党员之一，不管干什么，都要脚踏实地，乡亲们都看着呢。"

当我再次踏上父亲走过的土地，掬起一把潮湿的黄土，轻轻地贴上脸颊，一股温暖随之传遍全身。

是啊，这些年来，我虽然一直生活在城市里，但如果不是父亲那喻理于行的教诲，也许我早已湮没于平庸之中。正是父亲，使我深深懂得了脚踏实地的道理，让我在人生的道路上，能够走得更光彩、更遥远，让我不断攀登上一个又一个的创作高峰！

这就是我的党员父亲。现在，父亲虽然去世了，但他的影子仍然时常浮现在我眼前，向我灌输着爱的力量。他就像一盏生命之灯，为我照亮了脚下的路。

手　套

每当想起父亲，我就忍不住看看自己的手，因为父亲给过它无数的呵护。

记得小时候上夜校，由于天气寒冷，教室里又没有取暖的设备，所以我的手每年冬天都会长冻疮，晚上一躺在被窝里，就麻痒得难受。

有一次夜里，我被冻疮折磨得无法入睡，两只手交替着挠手背。父亲醒来了，把我的手握在他宽厚的掌心里，默默地望着我。虽然那一刻父亲什么也没说，但是我知道，我的痛苦，也是父亲的痛苦。

父亲不时地用力握一下，我清晰地感到一股暖流从他的手上涌过来，顺着我的手臂，缓缓地灌入胸腔。我低着头，眼里湿湿的，默默地体味着父爱的温情，冻疮带来的痛楚感便越来越轻。过了一会儿，父亲的眉头舒展了，他松开手，在我的头顶抚摸了一下，说："睡吧，明天爸给你抓一只麻雀。"

我知道民间流传着一个偏方，三九天用麻雀的热血涂在手上，可以治疗冻疮。

第二天，父亲果然一早就起来了。他找了一个筛子，下面撒了一些玉米粒，然后用棍子撑起来，棍子上拴着一条长长的绳子。

父亲牵着绳子的另一头，躲在屋内。不一会儿，有几只麻雀就飞下来了，其中一只大胆地钻进了筛子下，父亲猛地一拉绳子，麻雀就给罩住了。父亲跑过去，一把抓起麻雀，喜形于色地对我说："快点，把手伸出来。"

我把满是冻疮的手背递给父亲，父亲看看我的手，又看看那只麻雀，最终还是不忍拧断麻雀的脖子。他叹了一声，将麻雀放了，对我说："吃了早饭，爸去县城，给你买副手套回来。"

中午放了学，老远就看到父亲站在大门口，手里拿着一副棉手套。他喘息着，一脸的疲惫，头上热气直冒，似乎刚从县城赶回来。看着那副手套，我仿佛看到父亲在北风呼啸中，蹬着自行车，往返了百十里路。

之后的冬天，父亲总会想着我的手，在刚入冬时就给我买手套，直到我进了县城，参加了工作，结了婚，他还保持着这个习惯。冬天，父亲进城来看我时，他总要拉过我的手握一会儿，嘱咐我一定要戴好手套。其实，这些年来，家里都有供暖，手已经养护得不再长冻疮了。

那年冬天，父亲突患脑溢血离开了人世。父亲走的那天，我看到他红肿的手，满是冻疮，但是我翻遍了他的遗物，却没有找到一副属于他自己的手套。

走在前面的父亲

父亲脚步稳健，每次上山采药，他都要走在前面，半天也不显疲乏。倒是儿子，往往一片山头还没踏遍，就觉得腿脚酸软了。

父亲手上有一根棍子，很结实，是他的随身法宝。父亲一上路，就把它握在手中，在前路上敲敲点点，试试探探。森林里灌木丛很多，父亲用棍子一拨，便拨出一条路来。遇到陡峭的山峰，父亲把棍子往背后一插，像猴子般爬上去，然后伸下棍子，把儿子再拽上来。

父亲发现了草药，并不急着采，而是把儿子叫到身边，指着草药和周围的其他花草，讲解它们生长习性的不同。比如冬虫夏草，是一种草菌侵入蝙蝠蛾幼虫体后，冬季蜕变成菌核，夏初才从幼虫尸体头部长出来的药材，一般长在海拔 1 500 ~ 5 000米的高原或高山地区，常见于向阳的草坡或灌木丛中，喜较板结、潮湿、腐烂的土壤；再比如天麻，一般生长在海拔 1 200 ~ 1 800 米的高山树林和竹林中，多见于腐殖质较多的湿润地带。

为了采摘草药，父亲常带着儿子走进大山深处，很多山头和岩峰都是儿子从未去过的。

儿子 38 岁时，父亲已是快 70 岁的老人了。虽然精神还很矍铄，不过儿子已经不允许父亲上山了。儿子说：“爸，我知道你身体很好，但是，你总该把机会让给下一代了不是？你的孙子已经快成年了，他也该历练了。”

父亲点点头，不再固执。当儿子要带着孙子进山时，父亲把儿子拉到身边，悄悄地嘱咐道：“记住，上山时，一定要走在孙子的前面，这是你做父亲的责任。”

儿子不懂，便问：“这前后有什么不同吗？”父亲说：“大山中有的岩石看似结实，其实常年风化，结构已经松散，随时都有可能跌落，加之森林中遍布陷阱、虫蛇，这些，做父亲的要在前面应对。”说着便把那根棍子交到了儿子手中。

此时，儿子才知道，那些年父亲一直走在前面的原因。

演 戏

儿子走到家门口，略微一停，然后长吸一口气，推门进去了。屋里，卧在床上的父亲正拿着一张纸条和母亲看着，见儿子突然回来，父亲和母亲的脸上都闪过一丝惊喜。父亲顺手把纸条揣在兜里，母亲已经起身迎着儿子过来了。母亲两只手在儿子消瘦的脸上摸着，眼圈红红地说：“儿啊，回来就好，回来就好啊。”

儿子盯着父亲的兜在想，那纸条是什么？难道是存折？

父亲咳嗽了一声，在床上欠欠身，想起来。

母亲一只手把儿子拉到床边，另一只手按了按父亲，说：“你身子不适，就别下来了。”

父亲点点头，问儿子：“在外面混得怎么样？”

儿子说：“进城之后，遇到一个剧组，让我当了几天演员。”

母亲欣喜地说：“那很好啊。”

“好什么。”儿子叹息着说，“是群众演员，报酬不高，一天就 50 块钱，而且拍完电视剧就拜拜了。”

母亲说：“原来不是长久工作啊。”

儿子点点头："嗯，不过有个导演赏识我，说让我进表演速成班学习，需要3 000块学费，所以那天我只好给你们打了电话。"

母亲看看父亲，从衣柜里掏出一个包袱，蓝花的，包袱裹得很严实，母亲一层层解着。儿子的眼前不禁浮现出小时候的一些情景，那时，这个蓝花包袱里裹着自己的希望，因为每学期的学费都是从这里面掏出来的。

母亲从包袱的最底层掏出一个油布包，然后打开，里面是一叠票子。母亲把票子递给儿子，说："拿着吧，3 000块。"

儿子的眼里闪着亮光，他一把抓过来，迅速地点了一遍，然后又慢慢地清点了一遍。

"正好3 000块。"儿子松了口气，把钱贴身揣好，转身就要回自己的屋子。

"慢着。"父亲向儿子招招手，"回来。"

儿子问父亲："爸，还有什么事吗？"

父亲说："扶我下来，爸给你演一遍猴戏。"

母亲一听，赶紧说："老头子，你不要命了！"

"没事，我还行。"父亲挣扎着下了床。由于活动了几下，他的额头布满了汗珠，胸脯剧烈地起伏着，大口大口地喘着气。

父亲是个民间艺人，十几年前，村里逢年过节组织庆典活动，父亲的猴戏都是压轴的。

儿子说："爸，你身体不舒服，就别演了。"

父亲固执地说："你放心，爸这身子骨结实着呢，何况，爸虽然演了一辈子戏，却没能给自己儿子演过一次，今天是个好机会。"说着，父亲站了起来，说："把我的家伙儿拿过来。"

母亲只好去墙角处，拖出一个箱子，那里面装着演戏的行头。

父亲换好猴装，拿起一根棒子，对母亲说："给我敲着鼓点。"

母亲端着一面破鼓，点点头。

"咚、咚……"

鼓声节奏很缓。父亲不耐烦了："没气力，催着点儿。"

母亲只好把鼓点催了上去。

父亲一撩衣衫，一招一式地演了起来。

儿子心不在焉地看着，他突然想：父亲戴的猴冠质地好，是爷爷传下来的，尤其上面那颗珠子，如果拿到市面上去，不知能卖多少钱。儿子正想着，父亲突然一个失手倒在地上。鼓点一停，母亲赶紧上前扶起父亲。

"老了，不中用了。"父亲揉着腿，坐在床上，对儿子说："去吧，去吧，没事时想想爸给你演的这场戏。"

儿子回到自己屋里，一直在想猴冠上面那颗珠子。

睡到半夜，儿子悄悄地爬了起来，他摸到父母的屋外，想偷走那顶猴冠，却见父母的屋里亮着灯，父亲和母亲还没有睡，正在低声说着什么。儿子把眼睛贴近门缝，只见父亲趴在床上，母亲正给他捶着腰。父亲叹息着说：“不服老是不行了。”

母亲说：“你啊，身子虚成这样，给儿子演什么戏？”

父亲说：“儿子刚踏入社会，以后的路还很长，人生就像一场戏，他应该知道怎么去演才对。”

“我知道你的心思，为了给儿子筹钱，你已经连续卖了几次血了，铁打的汉子也撑不住啊。”说到这，母亲突然趴在父亲身上，抽泣了起来。

儿子心里猛地一震，呆了半晌，推门奔了进去，跪在床前，说：“爸，我……对不起你，其实，我打电话要3 000块钱，是为了还债。我刚进城的几天，找了几处单位，没人要我，后来，和同学进了一家娱乐城，玩牌输了钱不说，还欠了同学3 000块。同学翻脸不认人，我只好向家里求助，和你们撒谎说演戏。”

父亲从兜里掏出一张纸条，递给儿子，说：“你同学把电话打到了村委会，村主任记下了电话内容，我早就知道你在撒谎了，所以，你爸拼了这条老命也要演一场戏，让你看看戏里戏外，都是真实的人生啊！”

儿子抱着父亲大哭起来。

父亲苍白的脸上浮上一层红晕，他伸出手，摸着儿子的头说：“好，好，你能够悔改就好，爸这场戏没白演。”

生命的奇迹

迪斯是美国洛杉矶一家生命研究所的研究员，爱好探险，由于沉浸于事业之中，在儿子克诺六岁时，妻子便和他离了婚。离婚的第二天，迪斯翻阅资料时发现，在太平洋的夏威夷岛有种微小的生物。带着对生命的探索和追求，迪斯开着自己的船出海了，当然，陪他一起出海的，还有他的儿子克诺。因他刚刚离婚，儿子一时找不到人看护，而且迪斯认为，让儿子经历些风浪也不是件坏事，所以才把儿子带了出来。

在浅海时，船行驶得很平稳，但到了深海，浪头掀来，船随时都有倾翻的可能。迪斯这才后悔把儿子带出来。风越刮越猛，浪越涌越高。为了安全，迪斯不得不顺风而下。这样一来，船就偏离了夏威夷岛的方向。后来，迪斯累了，索性任船自己漂流。迪斯拥紧克诺，让他不要害怕，克诺点点头，眼睛里居然没有一丝恐惧的神色。漂泊了一天，船被冲到一个荒岛上，船板裂成了几块，被浪一冲，很快就漂走了。迪斯掏出预先揣在怀里的几块汉堡包，递给克诺。克诺递给父亲一个，迪斯又塞到克诺怀里，说：“爸不饿。”其实迪斯很饿，他已经掌了半天的船，但是，他是父亲，在儿子面前，他不能说饿。

这是一个远离大陆的荒岛，岛方圆不过几平方公里，举目望去，除了乱石，连根杂草都没有。迪斯在等待着奇迹的出现，如果没有奇迹，他知道，自己和儿子将被饿死在岛上。

一天一夜过去了，迪斯感觉到自己的体力在明显下降。又过去了一天一夜，迪斯看到克诺的肚子瘪瘪的，但是儿子很坚强，愣是没说出一个“饿”字来。

连续几天几夜过去了，迪斯已经连站起来的气力也没有了，他趴在克诺身边，给克诺讲着一些顽强生命的故事，但是才讲到一半，就看到克诺的眼皮沉沉地垂了下去。迪斯的身上突然涌上来一股力量，他猛地站了起来，说：“克诺，爸这就去找一条大船回来，你等着。”

克诺的眼睛张得大大的，望着父亲点点头。迪斯说完，大步向岛边走去，他踏上海边的岩石，回过头来，再看一眼克诺，大声说：“记住，爸不回来，你不要闭上眼睛！”说完，迪斯跳进了大海。

迪斯一投身大海，就再也没冒出来，克诺却天真地认为父亲真的去找船了。于是，他充满希望地等着，耳边时时回响着父亲的声音：记住，爸不回来，你不要闭上眼睛！克诺不敢闭上眼睛，他担心自己的眼睛一旦闭上，就再也见不到父亲了。

一天过去了，又一天过去了……终于，一艘绕航的墨西哥客轮发现了克诺，把他救到了船上。

后来，克诺常常到海边遥望。当然，长大的他已经知道了父亲当时这样做的原因，也许只有那样，才能让自己活下来，等待奇迹的发生。

背　山

放学后，大头来找小山，说:“小山你觉得老师的课怎么样?”小山说:“很中听的，要是把老师的知识全学了，就回去开个大公司，把家乡变成聚宝盆。”大头说:“美吧你，你连资本也没有，公司是想开就能开的吗?不过我倒可以带你去个地方，让你很快成为富翁。”小山说:“真有这种地方?那太好了!工作累不累?”大头说:“不累，很清闲，只要坐在那里，喝着饮料，就能把钱赚到手了。”

小山一听就催促大头带他去。大头说:“带你去可以，你得给我买包烟抽。”

小山是在爹的背上长大的。母亲去世早，他从小就和爹一起生活，每次爹去山上砍柴，就把小山背在藤椅上。小山问爹:“你砍这么多柴干什么?”爹说:“卖钱，然后供你上学，娶媳妇。”小山七八岁时，爹把他送到了山后的小学，上学和放学时，爹就来回地背着小山。

现在，小山已经进城读中学了。城里的路平坦，小山不需要爹背了。而且小山已经比爹高出了一头，壮实得像座小山，爹也背不动他了。但小山羡慕城里的同学，羡慕他们的爹。城里的同学从上幼儿园开始，就是车接车送的，所以同学问起小山的往事时，小山总要把爹背着他上学的这段光阴省略。省略了这段岁月，小山的记忆就几乎是空白的。空白就空白吧，小山认为那段记忆是灰暗的、不光彩的。一旦和同学们提起，他就再也抬不起头了。

在同学之中，和小山最要好的是大头。大头的脑袋比小山的大，个头却只够到小山的肩。大头虽然满脑袋稀奇古怪的想法，却从不问小山的过去。这也是小山喜欢和大头交往的原因。所以，当大头指给小山一个可以变成富翁的方向后，小山毫不犹豫地就跟他去了。小山认为只要有了钱，他就可以扬眉吐气，就可以把自己的往事编得天花乱坠。

大头带小山去的地方是网吧。大头把小山带到一台电脑前，打开一个网络游戏，手把手地教他。小山说："你让我玩游戏?"大头说："这不是游戏，是梦想的开始。"小山虽然上过电脑课，却从没玩过游戏。小山按大头说的，玩了几天，果然发现自己有了不少钱。虽然那些钱是虚拟的，但毕竟是小山有生以来挣的第一份钱。小山很兴奋，他抱着大头，甚至要热泪盈眶了。大头说："你不要这么激动，只要记着给我买矿泉水喝就行了。"小山说："别说矿泉水，有了钱，别墅也给你买。"

从此，小山和大头就天天去网吧，小山的虚拟币越来越多，兜里的钱却越来越少。

小山便给爹打电话，小山说："爹，我又没钱了。"爹说：

“小山你别急，明天一早我就给你送去。”小山说：“你别来，你千万别来，就把钱打到卡上吧。”小山既不想让同学们知道他的往事，也不想让同学们看到他爹。城里同学的爹个个衣着光鲜，车来车往，看上去形象高大，让人崇拜。和他们相比，小山觉得自己的爹太土气了。

这天，小山和大头在网吧里玩了个通宵，虽然很困，也很疲倦，但两人精神蛮好。因为两年多来，两人都成了“大富翁”，钱庄里存有亿万虚拟币。

小山说：“大头，有了钱我们该干些什么？”大头说：“享受啊，不会享受的是孙子。”小山说：“去哪里享受？有什么新鲜的玩法没有？”大头说：“我带你去个好地方。”

没多会儿，大头把小山带到城南的山脚下。小山说：“爬山啊，我家乡的山多的是，不爬了，我们回去睡觉吧。”大头说：“放心，咱们不爬山，有一种新鲜的风景，你体重超标恐怕不行，不过我还能体验一下。”小山问：“什么体验？”大头说：“两年前这山上来了个背山工，有些带孩子的游客怕累坏了孩子，就让孩子坐在藤椅上，由他背上去。瞧，就在那。”小山顺着大头手指的方向望去，在前面不远的山道上，正有个乡下男人弓着腰向上爬着，在他背后的藤椅上坐着一个十来岁的女孩，旁边跟着一个中年女人。中年女人不断地吆喝道：“快点，慢吞吞的，还要不要钱？”

小山心弦一震，他撒腿跑了上去，奔到背山工的前面一看，那人正是他爹。

爹没想到会在这里看到儿子，他惊奇地放下藤椅，撇下那个小女孩，来摸小山的脸。爹问小山："功课很累是不是？瞧你的脸，怎么这么苍白？好像一夜没睡好。"小山"扑通"一下跪在爹面前，啥也不说，只是"哇哇"地哭，哭得随后跟上来的大头也愣住了。小女孩等不及了，下了藤椅，扑到中年女人怀里。中年女人说："你这人还做不做生意？"爹摸着小山的头嘿嘿地笑，他根本就没有听到中年女人的话，因为此时，他的眼里只有儿子，他的世界里只有小山。

自从小山的娘去世后，爹就一直把小山放在心底最暖最暖的地方。他知道自己这辈子不但要承担起爹的责任，还要替小山的娘把那份未完成的爱延续下去。两年前，当小山的花费突然增加时，他没有问小山要这么多钱干什么，他只有一个念头，就是让小山在城里好好地读书。为了应付小山那忽然增多的花费，他背着藤椅进了城，在山脚下当了一个背山工。

爹早就想去看小山，但他记得小山的话，小山说过不让他去学校，他就没去，怕影响了小山的学业。现在，儿子突然出现在面前，爹自然很激动。他从兜里哆哆嗦嗦地掏出一把五块、十块的钞票，全塞进了小山的兜里。爹说："小山，这是爹这个月挣的，你全拿着。"

小山突然抱起爹，把他放在藤椅上，然后猛地把爹背起来。爹又惊又喜，说："小山快把爹放下来，别累坏了身子。"

小山一边往上爬，一边流泪，说："爹，你看山上的风景，是不是很美啊！"

有只鸟飞过蓝天

爹把锄头一扔，在地头上坐了下来，仰着头看天。

天上，空荡荡的，连只鸟也没有。爹的目光从天的这边，移到天的那边，又从天的那边，移到这边。

远处，娘顺着乡间的小路走来了。爹一扭头，抄起锄把开始干活。

“瞧你这懒鬼。”娘似嗔似骂地说。

“我脖子疼，使不上劲。”爹嘿嘿地笑着。

“回吧，饭都凉了。”娘说着，转身往回走。

路上，经过一片玉米田时，娘说：“你瞧，他二叔的田里连根杂草也没有。”爹嘴上应和着，其实，一点儿也没用心听。爹倒拖着锄把，一边走一边看天。

爹的目光从天的这边，移到天的那边，又从天的那边，移到这边。

“要不把地让给他二叔种吧?”娘回头看看爹，和他商量。

“不用……我能行。”爹慢吞吞地应着。

“你啊，是不是心脏又难受了？你不说我也知道。”娘关切地看了爹一眼。

“没事……我好着呢。”爹拍拍胸脯。

爹的胸脯没拍几天，就倒下了。

爹去年也犯过心脏病，住了几个月的院。这一次，比上一次更严重，医生悄悄把娘拉到一边，说：“准备后事吧。”

“真没希望了?”娘问。

医生摇摇头。

“再想想法吧。”娘说。

“他上次就差点进了鬼门关，这次，无论如何……”说着，医生再次摇摇头，“这几天，让他心情愉快些吧。”

娘眼圈一红，点点头。

回到家里，爹躺在床上，两眼直直地望着屋顶，嘴唇一张一合。娘走上前，问爹：“你想说什么?”

爹想坐起来，可是，他一点气力也没有。

“我想看天。”爹说。

娘“嗯”一声便出去了，叫了二叔来。

二叔把爹抱上轮椅，推到院子里。

爹的目光从天的这边，移到天的那边，又从天的那边，移到这边。

“去村外，那里开阔。”爹说。

二叔推着爹往村外走。娘跟在后面，眼泪洒了一路。

来到村外的田野边，爹躺在轮椅上，仰头看天。

爹的目光从天的这边，移到天的那边，又从天的那边，移到这边。

“大哥，你在看什么?”二叔问。

“飞机。”爹喃喃地说。

娘愣了。二叔也愣了。两人的心像被什么猛地撞了一下，剧痛。他们知道，爹看飞机，是想儿子了。

儿子是一名飞行员，去年在国外学习时，不幸失事。当时，爹正突发心脏病。娘和二叔怕爹经受不住打击，都瞒着他。前几天，爹问起儿子，娘说：“儿子很好，他任务紧，要不，让儿子回来一趟?”娘只是说说，事实上，儿子永远都回不来了。娘知道爹是不会让儿子回来的。果然，爹说：“不，别告诉儿子。”

这时，爹突然指着空中，欣喜地说：“快看，飞机，儿子的飞机。”

娘和二叔抬头看去，有只鸟正飞过蓝天。娘和二叔紧咬着嘴唇，不让心底的悲痛流露出来。

“儿子，好好飞。”爹望着蓝天，不停地挥手。

棉花的棉

冬天似乎一夜间就被风刮来了。早晨起来，老唐将媳妇连夜絮好的被子背在身后，踏着厚厚的积雪，向山坡上爬去。

老唐要去山那边的鲁县小学，他的儿子唐生在那里读书。

原本像唐生这样的娃，是在山里读书的，但是祖祖辈辈都生活在山里的老唐有个心愿，就是希望给儿子安一双翅膀，让他飞出去。

在鲁县小学，唐生是唯一的山里娃。老唐怕城里孩子冷淡儿子，瞧不起儿子，所以城里孩子穿什么，他就让唐生穿什么，但有一样——被子从不在城里买。老唐说，家里絮的被子厚实、暖和。

雪是从昨天早上开始下的。老唐对媳妇说："孩子他娘，该给儿子絮床厚被了。""哎！"媳妇从柜子里抱出早就准备好的花布和棉花，开始絮。媳妇絮得很认真，一层一层，一团一团，仿佛在铺一个厚实的梦。

媳妇絮的时候，老唐就在旁边抽烟。媳妇说："你躲远一些，别烧了被子。"老唐应着，蹲到屋角的凳子上，可不一会儿，又坐到炕上去了。老唐将粗糙的手，轻轻地放在棉花上，闭上眼，一脸的喜悦。

“他娘，咱不能让儿子挨冻。”

“放心吧，我已经把自己盖的那床被子也拆了，棉花全加在被子里。”

“那你盖啥?”

“和你凑合一床呗。”媳妇白他一眼。

老唐嘿嘿地笑着，额头的皱纹一条条跳动了起来。

老唐在山上深一脚浅一脚地走着。其实他也知道，每一脚踩下去，都有可能踏空，因为大雪覆盖了崎岖的路，根本就不知道哪里是虚，哪里是实。但是，老唐不想试探着走，他急切地想见到儿子，想把新絮的厚被子盖在儿子身上。

终于上了山坡，往下看，县城小学已经在望。老唐笑了，他直了一下腰，突然间一脚踏空，滚了下去。

“被子，我儿子的被子。”老唐看到那床絮满了他和媳妇满满心血的被子，落入了护城河中，一阵急火攻心，昏了过去。

等老唐醒来时，已经在鲁县小学的宿舍里了。

“被子，我的被子。”老唐挣扎着向外面跑。儿子唐生慌忙扶住他。

外面，天已经晴了。一道灿烂的阳光映在老唐脸上，老唐身子一顿，这才看到，院子里站着几十个城里孩子，他们每人手里都捧着一大团棉花。

有个孩子上前一步，说：“大叔，这是我们拆开自己的被子掏出来的，你看够不够再絮一床?”

“够了，够了。”老唐将棉花捧在手中，突然感到内心深处涌出一股暖流。他抬头望着远处，空中飘着一团一团的白云，仿佛一簇簇的棉花，让整个冬天充满了温暖。

藏住疼痛

病了大半年的老杜精神突然好了起来，整个人看上去不但红光满面，饭量也上来了。这让老杜的老婆秀姑和儿子小兵都很高兴，以为老杜的病情好转了。

早上，吃了饭后，老杜摸着小兵的头说："儿子，去读书吧，别老记挂着我，我没事了。"说着，老杜曲着胳膊做了个健美的动作。小兵笑了，说："老爸，我看到你精神这么好，心里别提多高兴了，我听你的，回学校，不过你在家也要听妈妈的，多休息。"

小兵走后，老杜就对秀姑说："我昨天看了一个楼房，就在学校对面，咱租下来吧。"秀姑说："这节骨眼上怎么能去租房呢，你不知道自己手术花了多少钱吗？剩下那些钱还要给孩子留着，孩子快要高考了，要交学费的。"老杜说："我知道，但是我们不也是为孩子好吗？孩子因为我耽误了不少课程，住得离学校近了，对他有好处。"秀姑想了想，说："我一向听你的，这次还听你的。"

等秀姑收拾完饭桌，老杜就让她蹬着三轮车，载着自己来到学校对面的那栋楼前。找到房东后，说好了价格，签了一年的合同，老杜让秀姑叫了几个人把东西拉了过来，就算搬家了。

搬家后，老杜每天坐在靠窗处，望着外面。坐的时间长了，有时秀姑从楼下上来，见他一脸的疲惫，就说:“你要是累就到床上躺一会儿吧。”老杜说:“不累不累，我看着外面心情好。”

这天，秀姑在街道边卖水果时，接到了学校的一封反馈信。秀姑看完后一脸兴奋地跑上楼去，说:“老杜，你猜信里说些什么?”老杜说:“还用问吗?是你生的宝贝儿子，这个月又被学校评为‘三好学生’了。”秀姑说:“你的身体恢复得这么好，小兵这么争气，我现在真高兴。”

老杜说:“小兵是个好孩子，他爱自己的父母，你也知道，无论咱俩谁卧床不起，他都不会静下心来学习的。对了，你看看外面。”

秀姑说:“还看什么，外面是繁华的大街，我天天在街边卖水果还不知道吗?”老杜目光望向窗外，轻轻地说:“你瞧见了吗，那就是小兵的教室，正对着咱家的方向，他一扭头就能看到这个家。只要我天天坐在窗前，小兵就能安心地读书，这就是我要搬家的目的啊。”

说到这，老杜突然脸色苍白，呼吸急促。他极力地忍耐着，但还是忍不住剧烈地咳了起来。秀姑赶紧一边给他按摩胸口，一边说:“老杜，是不是老毛病又犯了，来，我扶你去床上躺一会儿。”

老杜摇摇头，喘息了一会儿，脸色逐渐恢复过来。他握着秀姑的手说："秀姑，我不能瞒你，我的病一直还是老样子，我是一直隐藏着疼痛。但是，你不要把真相告诉小兵，懂吗?"秀姑眼圈一红，默默地点点头。

脊背挺起父爱

前不久，学校组织了一次夏令营活动，与往年不同的是，这次活动允许家长参与。

在我负责的组里，有十几名学生家长，其中，涛涛的父亲最为显眼。他身材矮小，个头还不如一些学生。他背着一个大包袱走在路上，显得很吃力。没走多远，涛涛的父亲就落在了后面。

涛涛不止一次地跑向父亲，大声地埋怨，并要求接过父亲背上的包袱。可是，父亲没有答应他。父亲说："其他的家长都背着包袱，我要是不背，还不如不来呢。"父亲说完，就咬着牙，跟在后面。

我看看他脊背上的包袱，说："要不，我帮你背一下?"

"那怎么好意思呢。"他说，"不用，不用。"

尽管涛涛的父亲嘴上喊不累，他的两条腿却越走越慢。同学们凑在一起，少不了互相攀比。我听到一个同学对涛涛说："走在最后的那人是你爸吧? 他这样子还来干嘛?"涛涛满脸通红，说不出话来。

日头越来越高，不少人的衣服都被汗水湿透了，涛涛的父亲更是像刚从水里捞出来似的。他脸上淌着一道一道的泥水，看上去像舞台上演滑稽剧的小丑。

来到几棵树下，同学们都不走了，纷纷坐下来喝水。过了好一会儿，涛涛的父亲才赶上来。他从背后的包袱里拿出一瓶矿泉水，递给涛涛。涛涛却看也不看父亲一眼，坐到一边儿去了，显然，他很不满意父亲的表现。

涛涛的父亲见儿子不理他，就把矿泉水递给我，说："刘老师，你帮我给他吧。"我接过矿泉水，放到涛涛手上。

大家休息了十来分钟，又开始赶路。没走半小时，天突然阴了下来，很快，一片乌云压了过来，接着，电闪雷鸣，下起了瓢泼大雨。我们见前面有一座桥，赶紧跑了过去，在桥下避雨。

雨来得急，也走得快。二十分钟后，天又放晴了，我们从桥下走出来。家长们都取下包袱，拿出携带的炊具，开始做饭。学生们四处寻找引火的木柴，但是抱回来的木柴都是湿漉漉的，根本无法生火。就在大家犯难时，涛涛的父亲解开了自己的包袱。

当看到他的包袱时，我们都愣了，因为那里面不但放着活动用的炊具，还有分装着各种调料的不同盒子，可谓一应俱全。更让我们想不到的是，包袱最下面，还放着一些锯好的小木块和一堆炭。涛涛的父亲拿了一些木块说："大家都别急，我这有引火的东西。"说着，蹲在地上开始生火。

涛涛的父亲忙碌了一会儿，额头又冒出了大汗，他敞开衣襟，继续做饭。不经意间，我看到他脖子两边，已经被包袱的带子勒出了两道深深的红印。涛涛眼圈通红，蹲在旁边，给父亲轻轻地揉着肩膀。

见此情景，我也不禁湿了眼眶，原来这瘦小的脊背，背负的却是沉甸甸的父爱。

温暖的冬天

美国北部的一个小镇，被称作罪犯区，在那个小镇出生的孩子，从小就很野蛮，不少人成年后更是走上犯罪的道路。镇长多次与镇中学校校长座谈，但是都找不到有效的教育方法。校长将责任推到了家长身上，认为这些孩子的家庭教育有欠缺。镇长便向全镇家庭下发了调查问卷，结果显示，有百分之八十以上的孩子根本不听家长的话。镇长决定从家庭教育开始，切断少年犯罪的源头，他向南北各大州发出了告示，悬赏家庭教育专家。

一天，有位老者来到小镇，自告奋勇担任教育顾问。镇长答应了，并给他三个月的时间，如果有两成孩子在此期间学会孝敬父母，镇长不但会重赏，还要正式聘任老者为教育顾问。

老者说："聘任就不必了，我只是不想看到贵镇的少年犯罪率居高不下。"镇长问他："你需要什么协助吗？"老者说："请给我准备几辆车，将那些孩子运到雪山脚下，需要停留两天的时间，但不要带食物。"镇长惊讶地问："难道你要饿死他们吗？这些孩子都是我们小镇的未来，虽然缺乏教养，但我不希望他们有什么不幸。"老者笑着说："不会的，请放心，两天的时间，出不了什么问题。”镇长想了想，答应了。但是，他也怕老者是个骗子，便暗中嘱咐几名司机，并派了几个刑警，悄然跟随。

第二天，几辆满载少年的车出发了。孩子们起初还以为是去郊游，等车辆远离了城市，开到了雪山脚下，他们才抱怨起来。有的少年已经知道，老者就是这次行动的总指挥，便忿忿地向他扔汽水瓶、水果。对于这些，老者不为所动，他头也不回地坐在车上。

北风呼啸，天气越来越冷。

还不到傍晚，有一半少年沉不住气了。一个有着黄头发的少年站了起来，嚷道：“老头，你带我们来这里干什么?”老者说：“我要在这里给你们上一堂家庭教育课。”孩子们一听都开始起哄，“黄头发”更是骂骂咧咧，没完没了。老者说：“闹吧，这里是雪山脚下，远离城市，不要试图单独离开，因为你们走出不多远就会被冻死的。”孩子们看看白雪皑皑的山，都不敢随意走动。

夜降临了，寒意更深了，有不少孩子央求老者，让他赶紧上课。老者说：“还不到上课的时间。”有少年问：“那要等到什么时候?”老者说：“当你们彻底平静下来的时候。”孩子们哪会平静下来，“黄头发”怒骂着，在车上乱蹬乱踹。

一夜过去了，渐渐地，孩子们折腾累了，他们蜷缩着，开始觉得又冷又饿，即使是那个“黄头发”，也瘫软了下来。这样过了两天，孩子们已经彻底没了锐气，他们像一团烂泥，堆在一起，眼神黯然无光。“黄头发”说：“老爷爷，请您快讲吧，我们要回家。”老者这才说：“那好吧，我要给你们出一道题。”老者指指远处的雪山说：“有一个父亲和他的儿子要过这座雪山，但是，雪地上只留下了两串脚印，你们说为什么？”“黄头发”说：“是不是他们走过去后，雪一直下，把脚印盖住了？”老者摇头，说：“不是的，如果雪一直下，那么为什么会留下两串？应该一串也不会留。”“黄头发”又说：“父亲是不是个瘸子？”老者说：“不，如果是瘸子，他应该多留下一条拐棍的印记。”有少年说：“是不是父亲走在前，儿子的两只脚刚好踩在父亲的脚印里？”老者说：“这么想倒是开拓了思路，但事实上是不可能的，因为父亲和儿子的步幅不一样大，两人的脚印很难重叠。”那是为什么呢？孩子们都望着老者，希望得到答案。

老者说：“因为孩子在父亲的背上。那个雪天，父亲怕冻僵了儿子瘦小的双脚，所以用大衣裹住儿子，把他背在身上。后来，父亲被冻死了，儿子却活了下来。”孩子们愣住了，然后都低下了头。

回到镇上，每一个孩子都给父母买了一件大衣。镇长感叹地说：“这个冬天，是小镇有史以来，最温暖的冬天。”

父爱无形

那天，天气不太好，凌晨便下起了雨，当她赶到省立医院时，姐姐和爸妈早已到了。姐姐说："爸爸刚拍了片，正在等结果呢。"

半小时后，结果出来了。当大夫拿着化验报告单向她们走来时，突然一道闪电从窗外划过，接着是一阵沉闷的雷声，她觉得这不是一个好的征兆。果然，化验结果是肺癌！

不知为什么，面对这突来的不幸，望着晕倒的妈妈和惨然变色的姐姐，她心头竟有一种报复的快意泛出。

大夫走到她面前，让她在手术单上签字。她指着一旁悲痛欲绝的姐姐说："你找她吧，我可做不了主。"姐姐抹了一把泪水，双手紧握住大夫的手，恳求道："大夫，请你无论如何也要治好我爸爸……他这一生太不容易了，我们不能没有他啊。"大夫用手拍了一下姐姐的肩膀，说："你放心，治病救人是医生的本职工作，我一定会尽力的。"

下午，爸爸上了手术台。手术的时间很长，妈妈因为体弱多病留在了旅馆，她和姐姐在手术室外等候着。姐姐不时地从门缝中向内观看，还双手合十地祈祷着什么。她斜坐在走廊的椅子上，许多往事浮上心头。

那时，她们一家还在东北，姐姐刚升上初中。村里有位优秀的老教师，非常喜欢聪明伶俐的她。一天，她去老师家玩，老师摸着她的头，说：“你姐姐要是有你一半的聪明就好了。”她平时就看不起姐姐，总觉得她笨头笨脑的，从不和她玩儿。她说：“可她考上了初中，看来还没笨到极点。”老师眼睛一眨，问她：“你以为姐姐是考上的？”“难道不是吗？”她心中一动，忙问：“我也奇怪呢，她是不是走了后门？”老师赞许地看着她说：“没错，你姐姐的成绩差了40多分，是我帮她走的后门，中学的校长是我同学，很给我面子啊。”从那时起，她就更看不起姐姐了。

晚上，她和姐姐一起在灯下做作业。姐姐被一道题难住了，抓耳挠腮半天也没解出来。她忍不住讽刺姐姐：“不要脸，自己没本事上什么初中啊，怎么不留级？”姐姐红着脸说：“是咱爸让我念的。”她说：“爸让你念你就念啊，你不觉得丢人吗？这次中考考了多少，是不是倒数第一？”姐姐辩解道：“是第57名。”她问：“你班里有多少学生啊？”姐姐说：“57个。”她讥笑道：“这还不是倒数第一吗？”姐姐羞得满脸通红，突然眼球翻白，从椅子上摔倒在地。爸妈听到动静跑进来，妈妈使劲地掐着姐姐的人中，爸爸忙跑出去喊村里的医生。医生来了后，给姐姐打了一针，姐姐才渐渐缓了过来。

那夜，爸爸打了她。她不明白爸爸为什么对她发那么大的火。爸爸从来就没有打过姐姐，甚至连一句大声的训斥也没有。他每次下班后，总要把姐姐揽在怀里，关切地问候几句。她想起平常爸爸妈妈对姐姐的疼爱，再想想自己，总觉得很委屈。

从那时起，她便开始怨恨爸爸，觉得他太偏心。她一直弄不明白，爸爸为什么对她和姐姐不一样。

后来，大约是在她念初中的时候，偶尔从爸妈的对话中偷听到了一件意想不到的事。本来像她这么大的孩子，都要读书的，但因妈妈久病在身，常年需要吃药，家里经济条件极差，所以爸爸就断了她的求学路。那天，她和姐姐刚从街上回来，一进家门，就听到爸爸在里屋大声说："干脆不让二丫念了，叫她在家帮你干点活。"妈妈叹声说："咱们虽然只有一个亲骨肉，但不能太偏向哪个啊，一定要让她们像亲姐妹一样。"

她心里反复琢磨着妈妈的话意，突然明白了："原来我们不是亲姐妹，原来我……我不是亲生的，怪不得他们对我和姐姐一直不一样。"顿时，委屈、悲愤、孤独，万般滋味涌上心头。她扭头向外跑去，沿着大街一路狂奔，直到华灯初上，才拖着疲惫的身子回到家里。

初中毕业后，她们一家从东北迁回了山东的老家鲁庄。她主动放弃了学业，一半原因是妈妈需要照顾，一半原因是家里经济条件有限。她看懂了父母眼神中的语言，不想让他们为难，心知他们迟早也要提到这件事，何不给他们个痛快！可笑的是姐姐并不是他们眼中的"凤"，她并没有"飞"起来，辜负了爸妈的殷切期望。父母见姐姐学业无成，便开始东奔西走给她找工作，找完工作又找婆家。后来便给她找了个庄稼人嫁了。可是她，她只比姐姐小两岁啊，难道她就不需要工作，不需要嫁人?

……

“吱呀”一声，手术室的门开了。姐姐那一声期待已久的“啊”，把她往事的回忆击碎。

她把思绪拉回现实，只觉得胸前冰凉，低头一看，衣襟全湿了。她摸了一下脸颊，才发觉自己哭了。但那些泪水并不是为爸爸流的，而是因为内心的酸楚。

医生说手术顺利。医生的话很让姐姐宽慰，她却或多或少有些失望，难道她在诅咒爸爸吗?她不敢承认，但也不想否定。

从此，爸爸便与医院结下了“不解之缘”。为了能让爸爸活下去，家里将积攒了多年的积蓄拱手送给院方。接下来的日子就是循环的放疗、化疗，单调而忙碌。姐姐也因此忙得不可开交，不是求医问药，就是为筹钱奔波。几个月下来，人黑了两色，也瘦了两圈。有一次，她说：“姐，我几乎认不出你来了，你要是再罩上一条毛巾，一准和庄稼人差不多。”“是么?”姐姐愕然，“有这么夸张吗?”说着，姐姐到镜子前一照，轻“啊”了一声，“还真的，我都快不认识自己了。”

爸爸的样子比姐姐还滑稽，颧骨高高的，头发掉光了，要不是眼珠子还在转悠，活像一具骷髅。一看到爸爸的样子，她就忍不住想笑。她一想笑，姐姐就挡在前面。她“哼”了声，心想:“我就是要笑给他看的，你挡着干啥，怕刺激他吗?”

的确，爸爸受的罪够大了，手术后，在走廊里都能听到他痛苦的呻吟。化疗后的一两天内，受药物的刺激，常伴有剧烈的恶心感与呕吐症状。每看到爸爸捂紧肚子卧在床上的样子，她就有一种莫名的兴奋。但她还是不敢太放肆，于是把目光挪开，去欣赏窗外草坪上的红花绿草。爸爸在住院期间，基本上都是姐姐照顾的，姐姐忙里忙外，好像从不知疲倦。晚上，她蒙眬醒来，常看到姐姐静静地坐在床前，有时还握着爸爸的手，把它放在自己的心口上。她几乎要被爸爸和姐姐之间的真情感动了，也越发不能忍受自己被冷落的滋味。初秋的风从窗口悄然掠进，姐姐给熟睡的爸爸掖了下被角。她缩在角落里，下意识地抱紧双脚。

姐姐跑前跑后的，虽没感动她，却让与爸爸同病房的一位“难友”大发感慨:“多好的闺女啊!”爸爸这位“难友”早进来几天，他只有一个远房的侄子照顾，而且，那家伙又不勤快，就难怪他羡慕爸爸了。

半年之后，爸爸的病稳定了下来，于是出了院。她在老家待了几天，见爸爸已能照顾自己，便借故回到县城乐陵，这时，她已在县城谋了一份工作，并结了婚。姐姐仍不放心爸爸，就留在了老家。

因为给爸爸看病，姐姐已倾尽了所有家财，甚至欠了一屁股债。那天，还下着雨，她正在家里看电视，门一开，姐姐冲了进来。她满头湿发披散着，活脱脱像一个女鬼，把她吓了一跳。姐姐说："爸爸病得又厉害了，刚去了医院，医生说还得化疗，还要花几千块。"她冷漠地说："是么，那就花吧。"姐姐一脸愁容地说："你看，姐手头上哪还有钱啊。"她顿时明白了姐姐的来意，语气一下变得冰冷起来："好了，你不用说了，我这也不是银行，我的条件你又不是不知道，刚买了房子，你总不能让我去卖房吧"。姐姐叹了声，再没说什么，扭头便走了。后来，听说她连夜冒雨借了几千块。

爸爸生病期间，她简直像个外人，已习惯于冷冷地看着姐姐为爸爸熬汤喂药，甚至伺候他解大小便。爸爸病重后期，大小便已失禁。有一次爸爸大便在了床上，闻到异味后，她感到了一阵恶心，厌恶地走了出去。姐姐却上前托起爸爸的身子，仔细地拭净他身上的污物，又迅速地换了床单、被子，忙到最后，直弄得手上、胳膊上污了一片，额头上也全是汗水。

爸爸毕竟被癌魔缠上了，任他怎么挣扎或抗争，终于还是无济于事；任姐姐怎么求神拜佛，老天爷还是"没睁眼"。最后他向生存了62载的世界留恋地看了一眼，缓缓地闭上了眼睛。然而，就在爸爸去世之前，她才知道了自己身世的真相。

那天，已经半月不发一言、不进粒米的爸爸，突然开了口。爸爸向她招招手，说："你过来。"她虽然心中对爸爸充满了怨恨，但见他被癌魔折磨得不成人形，怪可怜的，于是顺从地走过去，尽量放柔声音说："爸，你觉得好些了吗?"爸爸吃力地伸出他那只瘦得皮包骨的手，紧紧地攥住她。她清晰地感觉到他异常的激动。爸爸慈祥地望着她，她从未见过那种温和的眼神，只觉心头一热。爸爸吁了一下，说："孩子，爸爸一直瞒着你一件事，其实……你和大丫不是亲姐妹……"她默默地低下头，爸爸的坦诚虽然来得迟了些，但对于一个生命随时都可能结束的老人，她在内心里还是原谅了他。她说："爸，我早就知道了。"爸爸"啊"了一声，显然是出乎意料，他接着说："那年，我下班的时候，听到路旁有婴儿的啼哭声，忙奔了过去，发现孩子脸蛋冻得发紫，被遗弃在铁路上，浑身已经冰凉……我把她抱回家中，你妈妈喂了她一些奶粉，她才渐渐稳定下来。当时，我和你妈妈虽然埋怨她的亲生父母心肠狠，但见她长得挺招人喜欢的，也非常开心。谁知到半夜时，她突然发起烧来。我用自行车载着你妈妈，你妈妈把她裹在怀里，连夜去了医院。医生说，孩子患有先天性心脏病，让我们做好思想准备，如果不尽早治疗，孩子恐怕活不了三个月。后来，我曾想到把孩子再次扔掉，因为那时，家里条件也不好，全部的经济来源只有我那丁点儿工资。但你妈妈看着孩子可怜，狠不下心来，她说，终归是个小生命啊……最后，我和你妈妈决定，无论受多大的苦，也要把孩子的命保下来。孩子整整住了一年的院，为了拉扯她，我和你妈妈三年没吃上一块肉，很多时候只是啃点干粮，连咸菜也没有。你妈妈为了攒足孩子的住院费用，每天步行去十几里外的纺织厂干临时工。有一次我发现，你妈妈的脚心带着血痕，我拿起她的鞋一看，原来她的鞋子早已磨破了底……孩子长到四五岁时，才基本停了药，病情也稳定了下来，但医生说孩子的心脏弱，不能受打击，所以直到现在，我和你妈妈也不敢把她的身世说出来，怕她心里承受不了……”

她听着听着，忍不住落下了眼泪，激动地说：“爸，我知道，我小时候害你们吃了许多苦，长大后我不会再拖累你们；我也知道，您对我的养育之恩，我一直还没有报答。”爸爸黯然地摇摇头，说：“你猜错了。”爸爸把姐姐拉到身边，伸手抚摩着她的头发，轻轻地说：“你若不是爸爸，也长不了这么大，这些年来，我从未打过你一巴掌，也没骂过你一句，因为你本是个苦命的孩子，我怎能让你脆弱的心灵再受到伤害？我走了之后，你们姐俩一定要像亲姐妹一样互相照顾……”我呆了，忙问：“爸……你……你说什么？姐姐她……”爸爸叹了一声：“那个婴儿就是你姐姐啊。”姐姐也愣了，她呆了半晌，“哇”的一声扑在爸爸身上，叫道：“不……你是我的亲爸爸啊。”

那一刻，她觉得脑袋“嗡”地一下，一片空白。霎时，思想、理智、灵魂、意识全然离壳而去：“天哪！这些年来，我浑浑噩噩到底做了些什么？”她猛地抱住爸爸，号啕大哭：“爸爸，你不能死啊，我不会让你死的。”爸爸极力地将身子向床头靠靠，对她说：“这些年爸爸对你关爱不够，你、你怪爸爸吗？”她眼里噙着泪花，使劲地摇头。

爸爸宽慰地笑了，他伸出手，轻轻地抚摸着她的头顶。她觉得从爸爸的手上有一股暖暖的热流涌到心中，弥漫开来，渐渐地充满了身心，又浸出了眼眶，缓缓地淌至唇边。她紧握着爸爸的手，把它贴在自己脸上，哽咽着，什么也说不出，只是默默地想：“我一定要好好地疼爱爸爸，一定。”

然而，她再也无法疼爱爸爸了。就在她知道了身世之谜不久后，爸爸永远地离她而去了……

埋葬了爸爸，亲友们陆续离开了墓地。她执意留了下来。她想再静静地陪爸爸一会儿，她想默默地看着爸爸睡熟了、安歇了，再回去。

旷野寂寂，杨柳依旧，爸爸安在？她跪在坟前，默默地望着那一丘黄土，心中充满了悔恨和悲伤：“爸爸啊爸爸，我知道，你一直对我隐藏着自己的父爱。这些年来，虽然你很少关心我，呵护我，但我相信，你一定是爱我的……可我、我诅咒过你，怨恨过你，在你最需要女儿照顾的时候，冷落过你，背弃过你，你原谅我吧……”

微风拂过，她仿佛看到爸爸微笑着站在面前，缓缓地抚摸着自己的秀发。爸爸虽然不说话，她却读懂了他那慈爱的眼神。在爸爸的目光里她看到了一种博大的亲情，那是一种升华的父爱、无形的爱！她缓缓起身向远处望去，忽然觉得爸爸还没有死，这里埋葬的只是他的躯体，而他的灵魂却仍然活在自己的内心深处。她相信，爸爸那双慈爱的眼睛，仍将关注她一生。

楼顶上的爱

我看到那个老人时，他正呆呆地望着楼顶。我不知道楼顶上面有什么，却能想象，他一定很想到上面去。

老人是个残疾者，他坐在轮椅上，身子缩成一团，看上去有些瘦弱，但是，他的目光却透着一种执着。我走了过去，问道："大叔，您想去楼顶吗?"老人慢慢地转过脸来，点点头。我指指电梯口，说："我送您上去吧。"老人眼里闪过一丝欣喜的光，但随即叹了口气，说："不麻烦你了。"我笑了笑："没事的，我也想到上面看看。"

我推着老人走进了电梯。很快，我们来到了楼顶。电梯门一开，老人便兴奋地摇着轮椅出去了。

此时，太阳已经爬上了对面的楼顶，我扩了扩胸，长舒一口气，又深吸了一口，然后慢慢地向外吐着。这是我在书上学会的养生之术，据说每天早上在空气清新的环境里深呼吸三次，可以增加十年左右的寿命。呼吸完毕，我扭头看看老人，他正在靠近楼沿的位置，望着远处的街道发呆。

"大叔，您在看什么?"我走过去问。

老人朝远处的街道一指，没有说话。车辆像一条条鱼，在街道上快速地游动着。我想，老人身有残疾，可能是羡慕那些健康的上班族吧。我站了一会儿，问老人要不要下去，他摇摇头，说：“你自己下去吧，我想再待一会儿。”

我由于还要处理其他的事，于是就下来了。中午的时候，我从外面回来，只见一个青年正站在楼下四处张望，很焦急的样子。青年看起来很面熟，似乎在哪里见过。我拍拍额头，想起来了，是棋牌室里。我没事爱去小区对面的棋牌室闲坐，青年是那里的常客。我刚走过去，青年一把拉住我，问道：“大哥，您有看到一个坐轮椅的老人吗?”说着，青年向我描述起老人的相貌。我“哦”了一声，说：“早上见过。”青年忙问：“他是我爸爸，您知道他在哪儿?”“早上我把他送上楼顶就下来了，他没回家吗?”我指了指上面说。

青年一听，立刻朝楼梯口跑去。我担心老人出了什么事，便在后面紧紧跟随。等我来到楼顶，一眼就看到了那个老人，他居然还在张望着街道。

青年跑过去说：“爸，咱们回家吧。”老人看到青年后，宽慰地笑了，问道：“孩子，你什么时候回来的，我怎么没看到?”青年愣了一下，说：“爸，我刚回来，可能车辆太多，你没看到我。”老人固执地说：“怎么会呢，我一上午连动也没动。”老人拍拍青年的手，对我说：“我儿子很辛苦，他每天一早就开着车去郊区拉货，可惜，十次就有八次赔钱。”我心中一动，忍不住问：“大叔，您在这里看了一上午，就是想看到儿子平安地回来?”老人点点头，说：“是啊，十几年前，我这双腿就是出车祸废掉的，我每天都为儿子祈祷，钱挣多挣少无所谓，平安才是福啊。”我看到青年眼圈一湿，低下了头。我知道，青年骗了他的父亲，因为他根本就没去拉货，而是去了棋牌室。当我张口欲言时，却遇到了青年近似乞求的眼神，于是提到嗓子眼的话也咽了下去。老人看看青年，说：“儿子，以后你早上出车前，就把我推到楼顶，中午回来，再把我接下去，好吗？”青年点点头。

从那以后，我再也没在棋牌室里见过那个青年。

爱的声音

儿子要代表所在的中学参加本市举办的中外攀登对抗赛。

在比赛的前几天，父亲突然患了脑溢血，生命垂危。儿子从小就失去了母亲，这十几年来，都是父亲把他拉扯大的，父亲是他生命中的一座大山。对他来说，父亲比什么都重要，所以，连续两天，儿子趴在父亲的病床前，呜呜地哭，再也无心去想比赛的事。

学校的领导觉得很为难，勉强让他参加比赛吧，他的父亲已在生命弥留之际；不让他参加比赛吧，事实上，整个中学里，他的攀登成绩是最好的，也只有他，才有把握获得这次中外攀登对抗赛的冠军。

在这两天里，父亲醒来过几次。父亲两眼模糊，已看不清人，但抓到儿子的手后，还是虚弱地说：“孩子，去、去比赛。”

儿子哭得更加伤心了。父亲已经病成这样，他如何能去比赛？他宁可失去一万次比赛的机会，也不想失去陪伴父亲的每一秒。

就在比赛那天的早晨，父亲的精神竟然好了许多。儿子已经连续几十个小时没有合眼了，所以，半夜里昏昏沉沉地睡去了。天亮后，他觉得有人在摸自己的脑袋。睁眼一看，是父亲。父亲的脸上浮着一层红晕，正微笑地看着儿子，而且坐了起来，周围还站着个医生和两个护士。

父亲轻轻地说："孩子，去比赛吧，爸已经好多了。"

"真的吗?"儿子抓着父亲的手说，"你别骗我。"儿子本不相信，但看到父亲的气色好转，又不得不相信，但他还是把询问的目光投向了医生。医生冲他点点头，说："这是奇迹，想不到你父亲竟然坚持过来了。"其实，医生是违心地撒了谎。医生很清楚，父亲的生命已到了最后一刻，他这种现象是回光返照，或许是父亲以自己强大的生命毅力，使自己挺了过来。

儿子信了，但很快，他摇摇头说："那也不行，你刚有起色，我还不能离开。"

父亲微笑着说："孩子，你要是得了冠军，爸的病情肯定会好一大半。"

儿子有些动摇了。

父亲从身边拿过一个扩音喇叭，说："快去学校做准备吧，我一会儿去给你助威。"

儿子终于点点头，去了学校。

儿子到了学校，编好号，做好了比赛的一切准备。果然，正式比赛前，儿子看到了父亲。父亲躺在一张病床上，手里拿着扩音喇叭，远远地向儿子挥着手。

比赛开始了，父亲的声音从扩音喇叭里传来："孩子，加油。"

信号枪一响，儿子率先往峰顶爬去。他身手矫捷，快似猿猴，一直处于领先位置。但是到了石峰的三分之一处时，他的动作慢了下来，渐渐地，被其他选手超过了。儿子转头向下望着，他在寻找父亲。他的心里牵挂着父亲。

这时，父亲的声音又传了过来："孩子，加油。"

儿子精神一振，奋力地向上攀登，转眼又超过了其他选手。但是，接着，儿子的心又乱了。他胡思乱想，身子摇晃着下滑了几米，若非身上拴着保险绳，恐怕早已摔下来了。下面的老师和同学们都惊呼不停。就在这时，父亲的声音再次响起，而且是不间歇地喊着，这声音给儿子注入了无穷的力量。儿子重振精神，飞快地攀登着，终于超越了其他选手，第一个跃上了峰顶。

在雷鸣般的掌声中，儿子滑下了石峰。他推开涌来的老师和同学，推开涌来的记者，推开涌来的观众，向着父亲跑去。

然而，当儿子再次看到父亲时，父亲已经闭上了眼睛。

父亲临走时还曲着胳膊，将扩音喇叭放在嘴边，那个姿势，已成为儿子心中的永恒。

爱到简单时

那天凌晨，我接到一个人的租车电话，于是按照地址来到他的办公室。

他大概只有三十几岁，干干净净的样子，一说话便露出两排洁白的牙齿，声音也很温和。但这似乎与他的身份有些不符，因为我清楚地看到，他的门口挂着区长办公室的牌子，但他给我的感觉，就像一个熟悉的邻居。

他从旁边的柜子里拿出一双鞋，说："今天是我父亲的生日，我大概要忙到晚上才能回去，所以，请你先将这个礼物帮我送去吧。"说完，他又递给我一张名片，告诉我他叫莫一鸣，父亲住在西郊。

"你就给父亲送这么简单的礼物？"看着这双十来块钱的布鞋，我脱口而出。

莫一鸣微笑着点点头。

我把鞋接过来，往外走时忍不住问了一句："区里不会没有车吧？"他听出了我的心思，说："这是私事。"

我不再多说。

来到西郊，我向一位正在小路上扫树叶的老人询问："大叔，请问，您认识莫一鸣的父亲吗?”

老人说:“我就是。”

我惊呆了，做梦也想不到区长的父亲会在这条小路上扫树叶。我把布鞋拿了出来，递给他，并转达了莫一鸣的话。老人坐在地上，换上布鞋，来回走了几步，欣慰地笑着。我暗暗称奇，想不到老人的愿望这么简单，一双十来块钱的布鞋就能让他如此幸福。

“大叔，您儿子是区长，您怎么还干这种粗活?”这句话在我的肚子里转了好几转，终于还是说了出来。

“这很简单，因为他是普通人也罢，区长也罢，在我眼里，他只是我的儿子。”

上了车，我掏出手机，按照莫一鸣名片上的电话，打了过去。我告诉他，布鞋已经送到，请他放心。莫一鸣说了声谢谢。当我问他为什么要让父亲在郊外扫路时，莫一鸣告诉我，这是他父亲的习惯。在他上小学时，他要穿过那条小路进城读书，但是因为小路坑坑洼洼，上面又盖着一层落叶，所以，他常常摔倒。有一次，他的大腿被一块瓦片深深地扎了进去，从那天起，父亲便每天一早起来，清扫小路上的落叶，这一坚持就是二十几年。他说，父亲之所以一直坚持着扫下去，是希望他不要在人生的路上摔跟头。

我把车停在路边，坐在朝阳下，望着远天的浮云，细细地品味着两个简单的人，两种简单的爱。

父亲的拥抱

父亲是个脾气暴躁的人，他从没有抱过儿子。儿子小的时候很淘气，惹怒了父亲，父亲就抡起胳膊，朝儿子的屁股狠狠地打。

儿子十二岁时，母亲去世了。从儿子记事起，母亲就一直咳嗽，眉头始终紧皱着。但母亲是带着微笑走的，她似乎在说，我再也不用受病痛的折磨了。

母亲临终前，手指紧紧地掐住父亲的手臂。父亲却一点也不觉得疼，他另一只手搭在母亲的手上，说："有什么话，你就说吧。"母亲说："我知道你的脾气是因我而起，你是恨我不能像正常人一样站起来，现在，我走了，你就可以解脱了。但是，我不放心儿子，你要好好地照顾他，不能再发脾气了。"

母亲去世不久，父亲便带着儿子进了山。父亲是个根雕师，进山的第一天就带着儿子砍了一堆树根，然后扔给儿子一把刀，让儿子雕一个像模像样的东西出来。儿子从没有正规地学过，所以雕出的东西很粗糙。父亲拿起儿子的作品，看了一眼，"啪"地一掌打在儿子屁股上，骂道："不成器的东西，再雕！”儿子将刀往地上一扔，大声说：“你打死我吧。”父亲一呆，他想起母亲临终说的话，沉默了。

父亲的脾气越来越坏。儿子看得出来，父亲也在克制自己，却克制不住。他暴怒起来，便失去了理智，胸中似乎有座随时爆发的火山。

那天，儿子的第一件作品终于卖了出去，父亲表现出了少有的高兴。从镇上回来，他给儿子买了一身新衣服。当儿子脱下旧衣服时，父亲愣住了，他看到儿子原本细嫩的背上全是伤痕，竟然找不出一片好地方。

父亲看看自己的手，又想起母亲临终说的话，摸着儿子的背问：“疼吗？”儿子咬着牙说：“不疼。”

父亲给儿子换好衣服，就出去了。他一直走进深山，在一块岩石前停下来，然后一掌一掌地击打着石头，直打得两掌血肉模糊，才坐在地上。突然，父亲看到石头下有一块树根，非常罕见，像极了人形。父亲抽出背后的刀，试了一下，如果齐着地面砍掉，树根的造型不太完整，他想了想，开始向石下挖去。

树根终于挖出来了，但是石头似乎开始松动，父亲抬头看去，那块岩石正慢慢地倾斜过来。那一刻，父亲的感觉似乎迟钝了，他的身子虽然退开了，两只手臂却迎了上去。

两天后，儿子才在山上找到父亲，发现父亲的双臂被压在了石下。他推不动石头，只好跑到镇上，喊来了人，这才把父亲救了出来。

从那以后，父亲的性格突然变得绵软了，仿佛是一只老山羊。可是，儿子每看到父亲这个样子，就想哭。父亲说："孩子，根雕也是一门艺术，好好学吧。"

儿子点点头，用心地揣摩。每当儿子做根雕时，父亲便在一边讲解。让儿子欣喜的是，他和父亲的心灵之间仿佛有了一条通道，父亲话中的道理再深，他一听就懂，心里亮堂堂的。

十八岁时，儿子的根雕手艺已经远近闻名了。一次，有位乡邻拿着一张报纸对儿子说："省里正在举办民间艺术品展，你不如去试试吧。"儿子把报纸拿了回来，指给父亲看。父亲说："去吧，你现在已经不输任何一个艺术家了。"接下来，儿子开始准备参展的作品。他想雕一只飞鸟，或者一座桥，甚至一座城堡，以寄托自己的志向和对美好生活的向往。但是，当他拿起那天父亲从岩石下挖出的树根时，心里一动。

一个月后，儿子去了省民间艺术品展厅。儿子的作品《父亲的拥抱》引起了艺术界的轰动。那是一个中年男人，黝黑的皮肤，裸露的脊背，双臂张开，做着环抱的姿势，尤其是那双超过身高一倍的纤长臂膀，仿佛要环抱整个世界，这使整个作品充满了想象的空间和艺术张力。

《父亲的拥抱》获得了全票，被评为最佳作品。当有人问起儿子作品的含义时，儿子说："这是我的父亲，虽然从外在上看，他是个暴躁的人，但其实胸中蕴藏着深深的爱。"

艺术家们决定去看看作品的原型，于是，第二天就乘车进了山。当他们看到父亲时，都惊呆了，原来，父亲竟是个双臂截肢的残疾人。

艺术家们纷纷说："你儿子将你的一双臂膀夸张地展现在了艺术舞台上，可见，在他心中，你是个完美无缺的人。"父亲悔恨地说："我是个坏父亲，我在手臂健全时，居然没有拥抱过儿子一次。"

儿子说："不，我知道你是故意废掉双臂的，你这样做，是不想再伤害到我。"

已发表于《新课程报·语文导报》2009 年 2 月 17 日

第二辑　母爱似水

母亲是我见过的最漂亮的女人。我所有的一切都归功于我的母亲。我一生中所有的成就都归功于我从她那儿得到的德、智、体的教育。

——华盛顿

那年的雪

每到冬天，漫空飞舞的大雪，就会一团一团堆起我对温暖的回忆。

那年，我到县城三中读书，因为离家远，所以平常住校，一般不回家。学校里的宿舍是通铺，一排几十个铺位，用一些砖摞起来，上面搭上铺板，简易而实用，从来不用担心夜里会从铺上摔下来。起初，宿舍的门窗还算严实，后来就没玻璃了。学校里的木工师傅也来修过几次，但都没有用，因为门一上锁，同学们就从门窗上爬来爬去，一不小心，玻璃就掉了下来，摔得粉碎。所以一到冬天，寒风便从门窗的缺口处涌进来，到处流窜着。

一个星期六，我回家住了一天。睡觉前，妈妈还在灯下做活。妈妈说："天气冷了，给你做床新棉被吧。"我说："没事，我不是盖着一床吗？再说，也来不及了，明儿我又要走了。"妈妈说："来得及，来得及，你那床被都拆拆洗洗七八年了，棉絮有的厚有的薄，真到冷的时候，是不管用的。"说着，妈妈从柜子里拿出几包袱新弹的棉花，一层层地展开絮着。妈妈的女红在村里是数一数二的，她做的被子厚薄均匀，而且明线暗线走得轻巧细致。记得小时候，妈妈在炕上絮被，我便在旁边看。有时候，也把自己的小脚伸进妈妈刚絮好的棉被下面，那感觉，绵绵的、软软的，像揣进了妈妈的怀里，有一种说不出的温暖、舒服。那天，妈妈从晚饭后开始絮，絮了一层又一层，好像总是没完没了。夜里，有几次醒来，我都看到妈妈屋里还亮着灯。

第二天，妈妈把一床奶黄色团花缎面的新棉被放到我的后车架上，拿绳子一道一道捆着，好像在牢牢地拴系着某种情结。我推着车子到了村口，妈妈跟在后面。上了公路，我说："妈，你回去吧。"妈妈嘴里应着，又跟出很远。一路上，我仿佛觉得妈妈就坐在后车架上……

几天后，下了一场大雪，雪从早上一直下到傍晚。那雪，一团一团从空中飘下来，天上、树上、屋檐上、操场上……到处绽放着耀眼的白，像是美丽的童话世界。下课后，同学们竞相奔出教室，谁也不觉得冷，一个个或仰着脸，或用手掬着，或用唇含着，体味着雪花在额头、指间、唇上融化时那瞬间的惬意。不一会儿，同学们的头上、眉毛上、衣服上都落满了白雪，如果谁站在那儿不动，很快就会被凝为一个雪人。可是到了晚上，大家一个个钻进被窝，蜷缩着，像冬眠的蛇，再也没有了白日的生气，这才怪起老天来。我睡在妈妈为我赶制的那床奶黄色新缎面棉被里，丝毫感觉不到寒夜的冷。这感觉就像躺在妈妈的怀抱里，身上裹满了温暖。

那场雪后，天气越来越冷了，不久又连着下了几场雪。那个冬天成了银色的季节，昨天的雪尚未融化，今天的雪又飘落下来，一层又一层，天上人间，连绵不断。晚上，我钻进妈妈做的棉被里，寒意被远远地隔在外面，那软软的棉絮像妈妈的怀抱，揽着我，走进温暖的梦里。

那年的雪，像棉絮一样，厚厚的，从老家一直铺到学校。那年的雪，温暖了我的一生。

一双布棉鞋

在我卧室的红木匣子里，放着一双布棉鞋，每每看到它，就会勾起我对一段往事的记忆。

记得那年刚入冬，一个冷风萧瑟的早晨，母亲突然来了。离老远，我就看到她瘦弱的身子站在单位门口。她头上围了一条青布围巾，怀里抱着一个鼓鼓的包袱。

母亲住在离城十里路的乡下，路途虽不算很远，但对于体弱多病，又不会骑自行车的她来说，走这么远的路，一定费了很大的气力。我走到母亲身边，说："妈，这么冷的天，你怎么来了?"母亲说："天越来越冷了，我给你送了双棉鞋来。"说着，母亲打开了怀中的包袱，里面放着一双旧棉鞋。我一甩手，生气地说："妈，都什么年代了，你还叫我穿这个!"母亲愣了半晌，才说："你要是嫌弃，等卖了棉花，妈再给你做双新的。"说着，母亲便把那双棉鞋放在地上，蹲下身去，把我脚上的皮鞋脱了，给我穿上那双旧棉鞋，仔细地系好鞋带。我望着母亲那渐渐斑白的头发，心中说不出是什么滋味。

小时候，母亲久病在身，需要常年吃药，加上我和哥哥上学也需要花费，所以家里经济条件很差。从小到大，母亲从没给我买过新衣服，做过新鞋子，我都是捡哥哥穿过的。有时候，我见了哥哥穿着新衣服眼热，就向母亲要，母亲不依，我便又哭又闹。一次，母亲给哥哥买了顶新帽子，我吵闹着也向她要。母亲当时正在做饭，我拉着她的手，不住地央求，但母亲不答应。我一气之下，就把哥哥的新帽子扔进炉膛去了。那天，母亲打了我。母亲打过我之后，自己捂着脸趴在桌子上痛哭起来。

长大后，我一想起这事来就很后悔。是啊，当时家里条件那么差，我怎能再雪上加霜呢？但看到同龄人都穿得光鲜亮丽，心里也不是滋味。

一天，哥哥突然打电话来，说母亲病了。我忙请了假回到家中。只见母亲躺在床上，脸色苍白。我说：“妈，你怎么啦？”父亲在一旁叹息，说：“你妈为了给你赶做棉鞋，整整两天两夜没合眼了……”蓦地，我的眼前一片模糊。我伏在母亲身上，哽咽着说：“妈，都是我不好。”母亲疼爱地摸着我的头，笑道：“没啥，妈躺几天就好了。”说着，母亲从身边拿出一个包袱，一边打开，一边说：“我本想给你送去，谁知却病倒了。唉……”包袱打开了，里面是一双白底黑面的新布棉鞋。母亲递给我，笑着说：“快穿上试试，看合不合脚。”我颤抖着手接过来，将那双棉鞋紧紧地贴在心口上。

一晃十几年过去了，市场上、商店里，各式各样的皮鞋琳琅满目，品牌应有尽有，但是，我却一直穿着母亲亲手缝制的白底黑面的棉鞋。它虽然赶不上潮流，不够现代，但不知为什么，不管多冷的天，只要一穿上它，两只脚始终都是暖洋洋的……

永恒的母爱

母亲是个事业心很强的人。20 岁的时候，她嫁给了父亲。结婚后，母亲心中萌生了一个想法，就是要挑起村第一生产队队长的担子。那一阵农村正兴大比武。母亲说："我就不信咱们一队的生产进度赶不上二队、三队。"割麦子时，她的身影遥遥领先；运肥料时，她推起小车风一般向前飞驰；扬场时，一锨锨麦子像匹练般当空飞舞……

一年后，母亲挂上了第一生产队队长的袖标；第二年，她带领的生产一队取得了村模范队的称号。这时，她另一个更高的志愿诞生了——为什么咱们村的生产进度赶不上邻村——她要当村里的大队长！

那年，村里搞了一次民主投票，母亲获得了最高票。

正当母亲的事业如日中天时，我降生了。对我来说，世界上的一切都充满着诱惑，我艰难地挣扎了 9 个月，好不容易才摆脱黑暗和孤寂的束缚，又怎忍母亲经常弃我不顾？于是，我的小手牢牢地把母亲抓住了，把她留在了我的身边。奇怪的是，当初一肚子志向的母亲，一见到我，眼里却只剩下母爱和温柔了。

在我刚好 100 天的时候，我得了一场怪病，浑身时而发热，时而发冷，据说当时让我一连鉴定出 18 个庸医来。我在那个岁数，没有多少生活细节的体验，一难受就只知道嗷嗷地哭，我一哭，母亲的心也被牵动，就陪着我哭起来。后来，一远房亲戚给指了个去处，说："有一位神医，专治疑难杂症，不过离我们村有 20 里路呢。"那时候，交通不太方便，20 里路应该算是长途了。但母亲听到了希望，马上把我抱上了父亲那辆破旧的"大金鹿"。父亲说："你又不会骑，要不我去吧。"母亲说："不行，你去我不放心。"说完就推着我上路了。"大金鹿"走在曲折的乡间小路上，像有满腹的牢骚，"吱呀吱呀"地一直叫个不停。但它拗不过母亲，只好低着头如老牛般往前赶。晌午时分，我们来到一个被树木环抱的小村里，在两棵老槐树下，找到了那位专治疑难杂症的"老神医"。"老神医"问过我的病情之后，衣袖一挽，眯着眼，右手伸出三根树枝似的手指头，搭在我的手腕上，左手轻捋着颌下稀疏的胡子。不一会儿，他的两只浊目霍然一张。母亲忙问："神医，怎么样?""老神医"微沉着声音说："幸亏你来得及时，这病不轻啊，还好是遇到我。"说完，"老神医"去屋里抓了一些树根草叶类的东西，包了几包递给母亲，跟着叮嘱了一句："记住，每天一包。"母亲把它们小心地裹在包袱内，不住地说着感谢的话。快到家的时候，天突然下起了雨，母亲忙把自己的外衣脱下来，给我裹在头上。雨越下越大，刚走了几步，"大金鹿"就闹情绪了，赖在泥淖里，说什么也不肯走。无奈，母亲只好将包袱挂在脖子上，一手抱着我，一手扛起“大金鹿 ”。踏着泥泞，冒着大雨，母亲深一脚浅一脚地往前走。走着走着，突然，她脚下一滑，跌倒在泥里，我也被甩出好远。“大金鹿”趁母亲倒地的一刹那，用脚蹬子狠狠地划过母亲的脸，血“刷”地淌了出来。母亲咬咬牙，重新将我抱了起来。

“老神医”果然名不虚传，五包药下肚，就把顽症给赶跑了。但好景不长，我又被淋巴结核缠上了，有好几次，差点把我推到生死线上。之后的岁月里，肠炎、胃溃疡轮流欺负我，感冒发烧更是骚扰不断。总之，我的命不太好，从小就被病魔抓得死死的，而且病一发作就非常顽固、非常危险。在我患淋巴结核后不久，母亲就把胳膊上的袖标摘下来，交给了老村长。老村长说:“再考虑考虑吧，我还指望你来接班呢。”母亲摇摇头，说:“我已经考虑清楚了。”从此，母亲就成了我的专人护理，连工作也不去了，开始用她那无微不至的爱和关怀来陪伴我。

就这样，一位胸怀远大的女性丢弃了所有的志向和抱负，退守在三间低矮的土房子里面，成了一名普普通通的母亲。

那几年，村里，甚至公社里的领导都来看她，劝她出山。母亲只有一句话:“我是一个母亲，儿子需要母爱，需要母亲陪伴在身边。”不知从什么时候起，母亲变得“自私”起来，她不再关注生产队的事，不再在乎是一队的表现好，还是二队，也不再理会村子的收成和大比武的结果。渐渐地，人们也不再议论她了，开始把她当成众多平凡女性中的一员。

冬去春来，母爱守护着我，无情的岁月渐渐地把母亲的鬓发染白……后来，我长大了，当我知道母亲为我所做的这一切后，我的脸颊常常在梦中被泪水浸湿。我知道，如果没有母亲无微不至的关怀，也许我早已不在这个世上了；是绵绵不尽的母爱以及母亲博大的胸怀征服了病魔，也唤醒了我倔强的生存意识……

现在，熟知她的人，常要提起当年她当队长的那股劲头。每当与人提起时，母亲总是红光满面地笑着说："我的双手都攥满了成功，只是你们没有看到罢了。"

是啊，世间最宝贵的是生命，一个母亲，用自己的爱，给了儿子一生的幸福，还有比这更成功的事业吗？

我陪母亲去赶集

我有个愿望，就是带母亲去大江南北转一圈，但由于经济的原因，这个愿望一直未能实现。近几年，我的收入稳定了，手头宽裕了许多。那天，我刚收到出版社的一笔稿费，于是欣然回了老家。

老家离城只有十几里，一色的柏油路，公交车很方便。到家时，母亲正在院子里忙着。其实，家里早已不种庄稼了，但是勤劳的母亲却闲不下来。闲聊了几句，我把赚得稿费的消息告诉了母亲，并问她有什么愿望。母亲想了想说：“妈哪有什么愿望，只要你好好的就宽心了。”我说：“不是的，你这辈子从没有出去玩过，要不，我带你去北京看天安门吧。”母亲不同意，她说电视上能看到，去不去不要紧。看着一脸沧桑的母亲，我心里不是滋味，坚持着无论如何也要带她出去玩玩。最后，母亲同意了，但是，只让我陪她进城赶集。

想不到母亲的愿望这么小。我知道再坚持，母亲也不会答应的，于是吃了早饭，就和母亲上了进城的公交车。

母亲已经有十来年没进城了，望着街道两边的高楼大厦，她连连说：“以前这里还是一片河沟呢，现在大变样了。”走到一条街道口，母亲停下来寻思着，仿佛回到了许多年前。

“这里以前是家禽市场的。”母亲笑着说，“你小的时候，家里喂了几只老母鸡，每到集市时，妈妈就来这里卖鸡蛋，攒足了钱好给你缴书费。”

听了妈妈的话，我不禁想起了儿时的一些往事。记得小学三年级的下学期，由于家里经济紧张，同学们都把新书领到手了，而我的书一直在校长手里。回到家里，我赌气不吃饭。当时，母亲正感冒着，按父亲的意思，原本是要等几天再缴书钱的，可是母亲见我哭哭啼啼的，就二话不说，下了炕，摇摇晃晃地走到院子里，抓了把玉米，将一只老母鸡引进窝内。第二天，母亲就进城把鸡卖了。但是，母亲一心算计着钱够不够给我缴书费，所以，一路上把钱从手绢里取出来好几次，结果被一个小偷盯上了。那天，直到晚上八点多，母亲也没回来，等我和父亲在这条街道上找到她时，她还坐在市场门口，懊悔地哭着。

我和母亲在广场逛了一圈，又来到服装城，本想给母亲买两身衣服，可是，母亲一听说要几百块一套，说什么也不肯要。我只好带她去了超市，选了一些老年滋补品，放在购物车上。母亲拿起那些东西，问身边的服务小姐多少钱，服务小姐算了算说，五百多块。母亲说：“太贵了，不要不要。”

结果，在城里转了一圈，母亲什么也没让买。我不住地劝她，说这样可不好，进一次城，总得多少买点东西吧。母亲想了想说：“那就买些核桃吧。”我想也没想，就买了几斤。

可是，当我把母亲送上回家的公交车时，她却从车窗里把核桃扔给了我，大声说："孩子，你常常写作，记着，每天吃一个，很补脑的。"

抱着那袋核桃，我的眼泪"刷"地流了下来。

远　望

我在写字楼里开了一家心理按摩室，专门为生活烦闷、情感灰暗、心理抑郁的市民理疗。

工作之余，我常常站在窗口，向外望去，因为女儿在写字楼南边的小学里读书。虽然隔得不远，但我还是不放心。起初我每天来回地接送她，时间一长，觉得太耽误生意，于是，我买了一个望远镜。有了这玩意儿，心里踏实了许多，只要女儿下了楼，我就站在窗口观望，一直看到她小小的身影进了学校大门才放心。放学的时候，我又架起望远镜，看着女儿顺着街道走回来。

那天，接连有几个市民打理疗电话，我耐心地给他们“按摩”完，就到了女儿放学的时候。我便来到窗口，但是，没有看到望远镜。要知道，平时我一直把望远镜挂在窗上。

我大声喊着张姨。张姨是我刚请的钟点工，每天这个时候来给我做饭，有时也帮着收拾一下工作室。张姨听到喊声就从简易的厨房里走了出来，问什么事。我说：“望远镜呢?”张姨指着北窗说：“在那边呢。”我扭头一看，果然挂在北窗上，于是过去拿了，回到南窗口，向外张望着。

接连几天，我发觉张姨总把望远镜挂到北窗，便告诉她，打扫工作室时，尽量不要动我的电脑和望远镜。张姨答应了。谁知，第二天她仍然把望远镜挂到北窗去了。我认为张姨上了岁数，记忆力减退，人也有些糊涂了。

那天，从早上开始，雪一直下个不停。下午五点左右，电话铃突然急促地响了起来，我抓起来问："喂，您需要理疗吗……什么?"我脸色大变，放下电话，匆匆地奔下楼。

十几分钟后，我来到医院的急诊走廊上，见邻居大孙正来回地踱着步，忙问："我妈怎么样?"大孙说："你妈经常站在门口张望，刚才突然摔倒在地，幸亏我看到了，及时送了过来。"

家就在写字楼后不远，为了工作方便，我一直住在写字楼里，虽然离家近，但因为咨询电话随时会响，所以我很少回家。

母亲患的是脑梗塞，由于治疗及时，住了十天院就痊愈了。出院后，我又在家陪了母亲一周。母亲每天都催我："走吧，走吧，妈能照顾自己，别耽误了生意。"

但我不放心母亲，又陪了她两天，才回到写字楼里。这一阵，每天都是张姨帮着接听咨询电话。我一上楼，就习惯性地去看那个望远镜，望远镜挂在北窗上。我走了过去，把望远镜架在鼻梁上，然后朝楼后家的方向看去。我看到母亲正倚着门口，坐在太阳下，目光一直望着这边的方向。

我的泪突然无法抑制地流了下来。一直以来，我总挂念着在楼前学校读书的女儿，却忽略了楼后渐渐年迈的母亲！

爱的动力

第一中学第四届“勇攀高峰”比赛就要开始了，在50名参赛学生中，除了高三（3）班的林小虎同学来自偏远的乡村，其他学生都是城市的宠儿。10年前，林小虎的母亲患病去世了，父亲给他娶了个后妈。他忘不了死去的母亲，不愿接受后妈的关心，进城读书这几年，除了暑假和寒假，他一直住校，不肯回家面对后妈。

预赛前几分钟，林小虎听到有人喊他，他转过身来，看到围观人群中，有个矮小的乡下女人正注视着他，女人的眼里布满了血丝。林小虎走到女人身边，淡淡地说：“你来干什么？”乡下女人说：“小虎，我知道你今天比赛，是来给你加油的。”林小虎说：“不用你管。”乡下女人尴尬地笑笑，从怀里拿出一个小布包，塞在林小虎的书包里。林小虎正想说些什么，扩音喇叭里传来“预赛马上开始”的提示音。林小虎看了那乡下女人一眼，就跑向赛场了。来到队列中，有同学问他：“小虎，那个乡下女人是谁？”小虎支支吾吾地说：“是一位热心观众。”

预赛开始了，50名参赛学生来到自己的赛位，系好安全带。随着一声哨响，他们抓着从峰顶垂下的绳索，向上爬去。起初，他们的差距不大，三分钟后，距离便逐渐拉开了。林小虎爬到半途，突然下滑了几米，等他再重新往上爬时，已经连续有几个人赶上来了。

预赛结束。按照比赛规定，成绩排在前十的学生将继续参加决赛。第十名的成绩是 7 分 20 秒，而林小虎的成绩是 7 分 25 秒，以 5 秒之差排在第十一名，他沮丧地低着头，离开赛场。这时，主持人的声音从扩音喇叭里传出，因排名第八的学生小腿抽筋，放弃了比赛，排名十一的林小虎增补到决赛名单内。

林小虎惊喜万分，他重返赛场，坐在 10 号位上休息。林小虎低头看着脚上的运动鞋，发现脚尖的皮子几乎磨透了。他知道，刚才若非因为自己的鞋不争气，他的成绩会更好一些。林小虎叹了口气，打开书包，取出水喝了几口。突然，他看到了书包里面的包裹，忍不住拿了出来，一层层解开，里面竟是一双崭新的千层靴。两只靴子的底上各绣着一个字，左脚上是个“加”字，右脚上是个“油”字。林小虎呆愣了半晌，朝远处望去，人群中的乡下女人正关切地看着他。林小虎犹豫了一下，将那双千层靴换到了脚上。

决赛开始了，在如潮般的“加油”声中，10 名学生向峰顶攀登。林小虎双手交替，千层靴踏在壁间或凸或凹的部位，敏捷如猿猴，一路领先。最终，小虎不但以 5 分 35 秒的成绩获得了第一，而且还打破了前几届的纪录。

比赛后，市电视台的记者在人群中找到了林小虎，激动地问："林小虎同学，恭喜你创造了新纪录，请问你获得第一名的动力是什么？"

林小虎回过神来，面对记者擦了一把脸上的泪，指着身边的乡下女人说："是她给了我动力。"

记者看了那个矮小的乡下女人一眼，接着问："你身边的女人是谁？能告诉广大观众朋友们吗？"

林小虎望着乌亮的镜头说："她是我的妈妈。"说完，林小虎叫了一声"妈"，和乡下女人拥抱在一起。

乡下女人的眼里浸满了泪水，因为，这声"妈"她已经等了十年。

爱的城堡

夏季的一天，我正在公园的凉亭下休憩，突然被一个男孩吸引住了。男孩十五六岁，脸上充满着青春的朝气，只是双眼之中布满了忧郁之色。他左手擎着一把蓝格伞，右手推着轮椅，轮椅上坐着一个中年女人。等轮椅靠近凉亭时，男孩朝我笑了笑，我回之一笑。

七月的太阳，热情如火。还不到中午，滚滚的热浪便在大街上四处涌动着。天气炎热，凉亭下自然成了避暑的地方。男孩将轮椅停好，收了伞，对中年女人说:“妈，咱们在这里休息一会儿吧。”中年女人呆呆地望着远处，没有应声。

我打量着中年女人，只见她三十七八岁的样子，脸色有些蜡黄，两眼呆滞无神，裸露在短衫外面的胳膊细得像竹竿一样。

这时，远处传来一阵鸟叫声。我转头望去，蓝蓝的天空中盘旋着两只燕子。大些的应是母亲吧，另一只小的，大概是宝宝。小燕子刚长全了羽毛，正在学着飞翔。它每次用力并不能坚持多长时间，但是，燕妈妈总会转身回来，与它并肩齐飞，并“叽叽”地叫着，似在关切地询问。

我一边看着空中的燕子，一边喝着矿泉水。突然，中年女人伸手抓住了我手中的瓶子，我下意识地挣开她的手。“瓶子，瓶子，我要瓶子。”中年女人仿佛在沙漠中发现了绿洲，望着瓶子，眼里闪烁着异样的光。男孩拉了中年女人一把，说：“妈妈，那是人家的东西，咱不要。”

“不，我要。”中年女人甩了甩头，头发披散开来，像一个不讲理的母夜叉，我有些厌恶地退开几步。男孩忙向我道歉：“对不起叔叔，我妈妈神志不清，她应该是渴了，我去给她买水。”我淡淡地说：“没事。”男孩劝了中年女人几句，并请我照顾一下他的母亲，然后匆匆跑向了附近的超市。

男孩刚走开，中年女人就闹开了。我赶紧将手中的空瓶子递给她，谁知，她一把打掉在地，撕心裂肺地叫道：“我要儿子，我要儿子。”我只好劝道：“大姐，您儿子去买水了，马上就回来。”中年女人盯着儿子跑去的方向，一声声地叫喊着，引来不少路人的注目。我打开旁边的伞，像哄孩子一样说：“您瞧，这伞多美丽啊。”

不知为什么，当那把伞擎在头顶上时，中年女人顿时安静了许多，甚至，她的眼睛里泛动着温柔的光。

我抬头看去，只见那把蓝格伞里画着一座大房子，像童话故事中的城堡。城堡的外面坐着两个人，一个是母亲，一个是宝宝。母亲揽着宝宝，像是正在给宝宝讲着童话故事。多么温馨的画面！

这时，男孩拿着两瓶水跑了回来，他顾不得擦一把额头的汗，急忙拧开一瓶水递给中年女人，又将另一瓶水递向我。

“叔叔，这瓶是赔你的。”

“一瓶水，算了。”

男孩刚才肯定看出了我的厌烦，但是，我怎么会跟他们计较。我摆摆手，顺手将自己那瓶扔进了垃圾筒。中年女人指着垃圾筒欣喜地喊：“快，快。”男孩看了我一眼，微一迟疑，跑过去将空瓶子拿了出来，然后红着脸，推着中年女人走了。

我望着他们的背影摇摇头。就在这时，一位园艺师走了过来。他看看远去的男孩和中年女人，又看看我，说：“你在鄙视他们?”我没有说话。园艺师说：“其实，她是一位伟大的母亲……十几年前，她正怀孕时，遇到了车祸，丈夫去世了。她虽然侥幸没死，却失去了两条腿，而且受到了巨大的刺激，神志失常了。但是，当医生要打掉她肚子里的孩子时，她却异常地清醒，坚持着把孩子留了下来。之后，她虽然一直这么痴呆地活着，但是，对孩子的爱却不输于任何一个母亲。她每天早上在各大小区里爬行着，收集遗弃的饮料瓶子，就这样维持着生活，一直到现在……”

我的心仿佛被什么东西狠狠地扎了一下。

远处，那把蓝格伞如花朵般盛开着。我知道，无论前面有多少风雨，他们母子一定会平安幸福，因为，他们生活在爱的城堡里!

给母爱留一扇门

那天，我和妻商量了一下，决定把老妈接到城里来。老妈一生辛劳，进城后仍然闲不下来，每天在卧室、客厅、厨房里转悠，似乎瞧什么都不顺眼，要么是衣服乱扔了，要么是玻璃杯放得太靠茶几边了。妻喜欢听歌，只要一下班，就打开DVD，不管是在厨房做饭，还是在浴室里洗澡，而只要她一离开客厅，老妈就上前把DVD关了，并唠叨说："人走开了，还开着这东西，不浪费电吗?"

没过半个月，妻受不了了，悄悄地对我说："我看还是把妈送回乡下吧!"我也觉得老妈的存在，打乱了我们原先随意的生活。于是，我找了一个机会，以回乡下看老爸为借口，顺便把老妈也带了回去。返城时，我没有再带她回来。谁知，没过几天，老妈自己坐车过来了。当时，我和妻正在看电视，我躺在沙发上，叼着烟，跷着腿，妻的姿势也很不淑女，她踢掉了鞋，赤着脚蜷在沙发上。

这情景恰好被推门而入的老妈看到，她一边唠叨着成何体统，一边把我们赶鸭子一般赶起来，汗也没擦，就开始整理沙发。我本以为老妈来住上两天就回去，谁想，她还带着一大包衣服，看样子是打算长住了。我只好试探性地问她："妈，你来了，把老爸一个人扔在乡下放心吗？"老妈说："我不放心的是你们俩。瞧！我不在，你们就把家里弄得乱七八糟的。"

老妈住了不到一周，我再次把她"送"了回去。返城后，我和妻学乖了，每天一早，我们便走了，到了晚上才回来。我想，我们一整天都不在家，老妈即使来了，也无法进门。

这天，我和妻决定去郊外爬山。吃了早饭后，我们就出发了。出城几十里，妻问我："水瓶带了吗？"我猛地一惊，突然想起家里电水壶正烧着水呢！出来时急了些，我竟然忘了拔掉电源。天哪！我家电水壶是老式的，没有自动断电功能，万一引起火灾怎么办？我一边赶紧掉转车头往回赶，一边向妻说明情况。妻听后急得捂着脸哭了起来。买房子的钱都是我们从牙缝和手指缝里节省下来的，为了攒足那些钱，妻这十年来甚至没美过一次容，没买过一件金银首饰。

返回的路上，我心里忐忑不安，眼前仿佛有一片火海，将我们那套打拼了十年才买下来的三居室顷刻间化为灰烬。

终于返回了城里，到了小区，抬头望去，只见居民楼矗立在蓝天白云之下，安然无恙。我和妻的心都放了下来，难道刚好停电了？带着疑问，我们快步奔到楼上，一开门，我和妻都呆了，只见老妈正在客厅里擦地板。老妈抬头看到我们，唠叨着说："唉，你们俩啊！毛手毛脚的，出去也不把电水壶关了，出了事怎么办？还有，瞧这客厅里乱的！"我冲到厨房一看，电水壶的插销已经拔下来了，里面的水几乎熬干了。我问老妈："你是怎么进来的?"老妈笑着说："我早就有准备了，以前在你这儿住时，为了方便进出，我就配了一把钥匙。怎么?你家是皇宫啊！连妈也不能进?"我一听，赶紧上前抱住老妈，说："妈！这次多亏了你。"

从那以后，我们把家彻底交给了老妈，并在她老人家的影响下，逐渐养成了良好的生活习惯。

不久前，小区评选"和谐家庭"，我们一家荣登榜首。在市里举行的颁奖大会上，我应邀上台发言，但只说了一句话，我说："给母爱留一扇门，让母爱像阳光一样，照进我们年轻人的生活吧……"

母亲的红木匣子

十年前，我和一位姓张的老者做邻居。老张是一位收藏爱好者，没事的时候，我便去欣赏他的藏品。老张的藏品有书画，有瓷器，也有少量的木器。

那天午饭后，我来到老张家，正巧，他在谈一笔生意。对方是一位青年，拿了一件红木匣子，开价三千元。老张仔细地看了看，开价两千，最后双方各退一步，以两千五百元成交。我吃了一惊，因为记忆中，老家也有一件类似的匣子，没想到它会这么值钱。等那人走后，我问老张："这匣子真的很值钱吗?"老张说："那当然了，你瞧这木料，可是上等的红木啊，不但木料好，做工也好，而且有些年月了，绝对值。"

几天后，我回了趟老家。母亲见了我很高兴，不住地嘘寒问暖，我却用目光四处搜索着，问母亲："妈，你的那个匣子呢?"母亲说："你问匣子干什么?"我说："我有个邻居是搞收藏的，卖给他吧。"母亲说："不卖。"无论我怎么劝母亲，她就是不肯卖，甚至连看也不让我看一眼，我只好无奈地回了县城。后来，由于搬迁，我住的地方离老张远了，就渐渐忘了此事。

一天，我去省城办事，正巧遇到参加完拍卖会的老张。不禁又想起母亲的红木匣子来。现在，红木匣子的价格一定翻了几番吧。回到县城，我悄悄地给父亲打电话，问他知不知道母亲把红木匣子放在了哪儿。父亲告诉我，红木匣子就放在柜子里，可是里面藏了什么，连他也不知道，因为匣子上了一把锁，父亲也没有钥匙。父亲的言语中明显有怨怪母亲的意思，但是，我关心的不是匣子里的东西，而是匣子。

第二天，父亲突然打电话来，低声告诉我："昨晚你妈又开匣子了，我看到了，里面除了一些信之外什么也没有。"我随口问："信？什么信这么珍贵？"父亲说："都是你在外读书时给家里写的，你妈一边看一边发呆，还不停地抹眼泪呢。"我心中一酸。原来，我前些年写给父母的信，母亲一直留着。其实，母亲不识字，那些信的内容都是父亲给她读的，她看了也不懂……

母亲去世后，我将那个红木匣子抱了回来。每天晚上，我都会端量它一阵，仿佛看着母亲那张熟悉的脸。

前几天，老张来我家里玩，他看到书架上摆着的红木匣子时，眼睛一亮，说："这是个好东西，老弟，你想多少钱卖啊？"我说："对不起，多少钱我也不卖。"

母亲的手机

那年，我在省城干建筑工，摸爬滚打了几个月后，回了一趟老家。母亲抓着我的手，不住地问着，牵挂之情溢于言表。母亲一遍一遍唠叨不停的话是：“孩子啊，你一去几个月，连个音信也没有，娘惦记你啊。”

我告诉母亲，即使再苦我也要出去，我想在外面打拼几年。

母亲说：“娘不能再把你拦在家里，知道你还是要去省城的。前几天，娘去镇上买了一部手机，存了你的号码，以后你就每天给娘打一次电话吧。”

我说：“一天一次电话，多浪费。”

母亲笑笑，说：“傻孩子，只要你打过来，娘看到你的号码就放心了，也不用接啊。”

我点点头，母亲的心思我懂。

回到省城后，晚上，当我拖着疲惫的身子爬上床后，就开始拨打母亲的手机。

但是，时间一长，我就把这件事忘了。

有时，母亲就打过来，嘘寒问暖，但问起来就没完没了。

没办法，后来，我就坚持了下来，每天晚上，给母亲“报”一次平安。

春节回家，母亲见我虽然黑了，但也结实了许多，一高兴，就陪我喝了一杯白酒。结果，母亲喝多了，第二天早上一摸，手机不知随手放在哪了，就急得像丢失了心肝一样。我说：“没事，我用手机一拨就能定位了。”

于是，我拿出手机拨通了母亲的手机号码。

手机通了，声音从床下传来，我的心突然一颤。原来，母亲给我的号码设置了独特的响铃，那里面有一个童稚的声音，在不停地喊着：妈妈……妈妈……

望着母亲，我两眼一片模糊。

母亲的虚荣

母亲是个虚荣的人。五年前，我的第一部长篇小说写完后，曾告诉过母亲，母亲就催促着我赶紧出版。

因为母亲的虚荣，我甚至瞧不起她。她每次来我这里，总要带走一些登载着我文章的报刊，回去后，就拿着我的文章向亲戚邻居们显摆。我很反感母亲的做法，我觉得做人还是谦逊一些好。

小说出版后，我并没有告诉母亲。但是，没过几天，母亲从老家来了，她一进来就翻我的书橱。我问她找什么，母亲说："找你出版的新书，已经有人告诉我了。"母亲踮着脚，身子紧贴在书橱上，不停地翻动着。很快，母亲找到了那部新书，因为封面有我的照片，她一眼便认了出来。母亲欣喜地把书揣进怀里，饭也没吃，就回家了。

之后，我的家里再没有平静过，亲友邻居陆续到来，临走，都要讨一本书，可惜，出版社给的样书并不多，我无法一一满足他们。

有一次，老家的堂伯来看我，也要讨一本书。我苦笑，因为堂伯和母亲一样不识字。以前，堂伯找不到卷烟纸时，常常撕了堂弟的课本，他怎么会喜欢我的书？一问才知，是母亲让他来的。堂伯说："你妈已经传嚷遍了，我家里要是不摆着你的书，她会不高兴的。"堂伯的话说完，我的脸上顿时火辣辣的，像贴了两个刚出锅的烧饼。

送走了堂伯，我便回了老家。进屋时，母亲正坐在沙发上翻我的书。夕阳的余晖透过窗户，洒在母亲脸上，使母亲的双颊染上了两抹红晕。母亲仿佛认识书中的每一个字，她认真地看着，嘴角露着微笑。

我一把夺过母亲手中的书，摔在地上。母亲抬起头来，看着我，一副不知所措的样子。我怒气冲冲地说："从今以后，你不要再看我的书，我的书不是写给你看的。"

母亲的眼圈突然红了。她站起来，冲进了卧室。父亲轻叹一声，把我拉到身边，说："你啊，一点都不了解你妈妈，她虽然从小没有读过书，但对读书的渴望却不比任何人少。你母亲小时候，家里经济条件差，没有钱供她读书，何况她下面还有两个妹妹、三个弟弟。后来，她就把读书的渴望寄托在你的身上。所以，每当她看到你的文章发表，她都会很开心。是啊，你妈妈很'虚荣'，但是，她渴望这种'虚荣'，对于你，她从来不奢求什么，只希望你能经常给她'虚荣'的机会。"

我默默地低下了头，深为自己的偏见而愧疚。原来，享受"虚荣"，才是母亲最大的幸福。

年的祈祷

那年三十，忙碌了一天，有些累了，晚上我早早地上了床。睡意蒙眬间，感觉母亲走了进来，她在床沿上坐下，用手轻轻地抚摸着我的脸庞。我假装熟睡，体味着从母亲的手心传递过来的那股暖流。很久之后，母亲站了起来，走进内室。

内室是母亲供奉观音神位的地方。我心中产生了“窥视”的念头，索性赶紧披衣下床，悄悄地跟在母亲身后。只见母亲走到香案前，先拜了拜，捻了三炷香，然后，双手合十，喃喃地祈祷着什么。

想想，母亲供奉观音有二十多年了吧，记得每到过年，母亲就从柜子里拿出观音菩萨的铜像，摆放在内室的八仙桌上。母亲上香时，我便像猫一样躲在门后，等母亲出来后，偷溜进去，把香案上的点心一扫而光。有时也会被母亲抓个正着，不过母亲从不舍得打我，最多只是拿手轻轻地拧着我的耳朵，或不疼不痒地拍几下屁股，笑骂道：“兔崽子，连神仙的点心也敢偷啊。”

母亲许愿时，从不让我在她身边，只有一次例外。那天，她上完香后，竟然把我叫了进去，朝着神位对我说：“你也许个愿吧。”我说不会许。母亲望着神位，默默地说：“你爸一个人在外工作，你就许个平安愿吧。”我答应着许了，这才知道，母亲之所以每逢过年就供上神像祈祷，原来是挂念父亲啊。

父亲在外地工作了十几年，等我参加工作后，他也回到了地方。父亲退休回老家后，母亲才舒了口气。但每到过年她仍旧把观音菩萨像摆在内室的香案上，祈祷些什么。我总想，父亲已平安回来了，母亲还有什么放不下的呢？

怀着这样的念头，这天，我悄悄地跟在母亲身后，进了内室。只见母亲捻了三炷香，拿火点着了，插在案前的香炉上，然后退后几步，双手合十，喃喃地说道：“大慈大悲的观音菩萨，请保佑我儿子平安吧……”

蓦地，我的心一热，只觉有一股绵绵的暖流从心田流出，浸出了眼眶。原来，我又成了母亲后半生的牵挂啊。

爱的速度

某市要举办一届女青年短跑比赛，以强健市民的体魄。

在选拔选手时，组委会几位评委的意见分歧很大。比赛那天，参加短跑的十七名女选手分为两组。这两组中，有九名高中生，六名企事业单位员工，一名下岗女工，还有一个年轻的妈妈。

比赛前，评委们曾对冠军得主进行过预测，他们都认为冠亚季军应该在九名高中生里产生。原因很简单，她们每天都坚持做有规律的运动。

预赛结果也和评委们预测的毫无二致。前三名都是来自市中学的学生，而那位年轻的妈妈排名倒数第一，按照比赛规定，她已被淘汰出局。

决赛马上开始了，本次运动的赞助商突然站了出来，指着人群中抱着宝宝的年轻妈妈说："我看到了冠军，就是她。"大家都愣了，决赛还没有开始，他怎么能看到冠军？何况，他所指的还是位被淘汰的选手。赞助商接着说："各位，我有个请求，能不能让她进入决赛？"评委们对视一眼，没有说话。赞助商继续说："咱们的运动目的是提倡全民运动，重在参与嘛。”评委们商议了一下，决定打破规则，让年轻妈妈跟在跑道边一起比赛。

年轻妈妈看看怀里的宝宝，有些犹豫。刚才，她的宝宝突然哇哇哭了起来，孩子肺部一直不好，她很担心。虽然她很期待这场比赛，但是，对于她来说，孩子比任何东西都重要。

赞助商走了过来，说：“如果你放心，就把孩子交给我吧。”她低头看看宝宝，这时，宝宝似乎哭累了，已经甜甜地睡去。她将宝宝放在赞助商怀里，说：“谢谢。”赞助商微微一笑，抱着孩子走开了。

年轻妈妈走到起跑线上，与其他几名选手一起等待号令。

“啪”的一声，枪响了。她起步慢了半拍，被其他选手抛在身后。

突然，站在终点处的赞助商朝她喊：“喂，你快来看看，宝宝怎么了？”她猛地一惊，那一刻，她像一支箭，飞射而出，眨眼间超过了所有选手，第一个冲到终点。年轻妈妈从赞助商怀里接过宝宝，问道：“他怎么了？”赞助商笑了笑，说：“他睡得很香，我是想唤醒你的运动意识，同时也唤醒宝宝，为勇敢的妈妈加油。”

说着，赞助商走到评委席前，笑道：“怎么样，我没看错吧。”

评委们都感叹有声，他们不得不承认，世界上最快的速度，是母爱。

第三辑　儿女感恩

事其亲者，不择地而安之，孝之至也。

——庄子

一串红辣椒

那天，得知朋友住院的消息，我去医院看他。和他同病房的一对乡下母子引起了我的注意。儿子虽然只有十七八岁，清秀的脸上却笼罩着哀愁。他的母亲是个盲人，四十多岁的样子，面容憔悴，一双眼睛空洞无神。

中午，在等餐厅师傅送饭的这段时间，儿子似乎很有耐心，从书包里拿出一本书，专心地看着，书名是《穴位推拿》。我微微一愣。这时，母亲沉不住气了，她对儿子说："要不你去外面的饭店吃吧！别误了上学。"儿子笑笑："妈，你放心吧！误不了。"母亲又说："因为妈的病，你已经耽误了不少功课，你一定要用功补课，妈不打扰你了。"儿子点点头，继续看书。

过了一会儿，餐厅的师傅推着餐车过来了，儿子要了五个包子。回到病床前，儿子拿起一个，递给母亲，说："妈，这是你最爱吃的韭菜馅儿包子。"母亲笑笑，说："你也吃吧。"

儿子没有吃，他悄悄地从书包里掏出一个凉了的馒头和一串红辣椒来。母亲吃了一个包子，儿子又递给她一个。母亲说："够了，你吃吧。"儿子把剩下的包子都推到母亲面前，说:“妈，你摸摸，还有的是呢!”母亲伸手摸了摸，果然还有几个，这才接过儿子手中的包子，说:“你也吃吧!”母亲吃完包子，小声地问儿子:“孩子，你看我的病还有希望吗?”儿子说:“大夫说了，是小手术。”

“那要花多少钱啊?”

“不多，才几百块。”儿子说得很轻松，但说到最后，声音却有些哽咽，眼圈一红，泪水顺着脸颊就淌了下来。

母亲感到儿子的异样，伸手去摸儿子的脸，问:“孩子，你怎么哭了?”儿子抓起一个辣椒咬了一口，说:“妈，我让辣椒辣了一下。”母亲颤抖着手，帮儿子把眼泪擦去，说:“好了，你该上学了。”

儿子拿着剩下的包子来到走廊里，对站在走廊里的餐厅师傅低声说:“师傅，剩下的您给退了吧?要不给我留着，下次我再吃。”餐厅师傅点点头，收了他两个包子的钱。儿子回来后，把那串红辣椒放回书包，然后走到母亲身边，一边给她按摩，一边说:“妈，最近老师有事，上课时间推迟了，我再陪你一会儿。”

“老师也是，就不怕耽误你们学习吗?”

“也不常这样，以后会好的。”

又过了一会儿，母亲说:“你去吧!妈怕耽误了你学习。”儿子说:“还有段时间。妈，我陪你到外面散散步吧。”母亲点点头。

儿子背起书包，对我和朋友礼貌地点点头，搀着母亲出去了。望着他们的背影，我满腹疑问地问朋友："这个儿子真怪，他好像有许多事瞒着他母亲。"

朋友点点头，说："他母亲因脑瘤压迫神经造成了失明，为了给母亲动手术，他撕碎了录取通知书，放弃了上大学的机会，把学费当手术费交给了医院。现在，他在一家工厂打工，每天中午到医院陪母亲，这一切他都瞒着他母亲。你看到那串红辣椒了吗？那是他怕伤感时让细心的母亲察觉，用来掩饰泪水的。"

我不禁一呆。窗外，儿子搀扶着母亲顺着小径渐渐走远了，而那串红辣椒却浮现在我眼前，像一团红红的火苗，久久地跳动着。

树上的红领巾

儿子背起书包，慢慢地走到门口，又停了下来。

父亲睁开眼，说："走吧，不早了。"

儿子问："爹，天已经大亮了，你怎么还在床上躺着？"

父亲说："爹晚上看电视，睡得晚。"

儿子突然又走了回来，坐在床边，看着父亲说："我不去上学了。"

父亲一愣："那怎么行，你是爹的希望呢。"

儿子说："你怎么不去做工？"

爹苦笑着说："你这孩子，以前老是怕爹累着，怎么突然又盼着爹去干活？最近矿上不忙，爹每天下午去。"

儿子说："我还是不放心。"

父亲说："有啥不放心的，要不你给爹找一条红领巾，每天中午，爹把它挂在树上，你只要看到红领巾，就说明爹没事，你就在学校里用心读书，好不好？"

儿子摸了摸脖子上挂着的望远镜，说："好。"

儿子说完，就从箱子里找出一条小学时戴过的红领巾，放在父亲手上，然后往外走，走到门口，又回头说："爹，什么时候我看不到红领巾，就来找你。”说完，儿子下了山。

儿子在山前的中学读书。去年，母亲带着他改嫁到县城里，但是，儿子执意要留在镇中学读书，因为这样，他方便来看父亲。

儿子走后，父亲就握着红领巾。快中午时，父亲撩开被子，两手支撑着身子，下了床。

父亲的左腿在一个月前就摔断了，从那时起，父亲就在家里躺着了。但是，儿子不知道。儿子不是经常来，因为母亲不喜欢他来。每天一到放学的时候，儿子的后爸便开着车来接他。

这次，儿子是趁上课前的一段空闲时间来看父亲的。以前，父亲盼着儿子来，现在，他又盼又怕，因为，他不想让儿子知道自己断了一条腿。

父亲拄着一条棍子来到外面，抬头望着那棵树，然后开始往上爬。

父亲双手抱紧树干，但是，他的左腿怎么也抬不上去。

试了几十遍，父亲放弃了。他无奈地坐在地上，望着树叹息。父亲有些着急，从早晨儿子的神色可以看出，儿子似乎起了疑心，他不能让儿子知道自己的状况。想到这，父亲扶着树站起来，他将红领巾拴在棍子上，举了几次，最后终于将红领巾挂到了树枝上。

之后，父亲每天中午都将红领巾挂上去，到了下午再用棍子摘下来。

如此过了几个月，期间，儿子来过几次，但没有怀疑什么，甚至不再问父亲上工的事。父亲发现儿子仿佛一下子成熟了许多，眼神里有了忧郁，人黑了，也瘦了。

父亲问儿子："你后爸对你好不好？"

儿子说："好。"

父亲说："那爹就放心了。"

儿子问："爹，这一阵，你的工资正常吗？"

父亲说："还行。"

儿子说："那我也放心了。"

儿子走后，父亲直嘀咕。儿子怎么突然问起工资的事？他从来不问的。

父亲虽然两个月不上工了，但是由于他是在收工上山时摔伤的，老板答应多付他半年的工资。

这天上午，矿地的会计老林来送工资，和父亲聊了几句就走了。父亲突然发现，工资多了三百块。父亲是个实在人，他知道自己的多了，就会有人少。老林虽然是会计，但是家庭条件也不怎么好，多支出的，肯定要自己垫付。想到这，父亲下了床，拄着棍子往后山走去。

父亲一瘸一拐地，终于来到了矿上，当他的目光触到一个瘦小的身影时，突然一下子呆住了。那个人，竟然是他的儿子。儿子穿着肥大的工作服，正在凿石头。父亲蓦地两眼一湿，他走过去把儿子抱在怀里。儿子回头看到父亲，吃了一惊，忙说："爹，我是来体验生活的，这就回学校去。"

父亲说："孩子，你别瞒爹了，爹和你骨肉相连，能感觉不到吗？你什么时候来的？"

儿子说："那天你挂红领巾时，我就从望远镜里看到了，所以，我对学校说，要休假伺候你。来到矿上后，盼着多给你挣一些钱看病。可惜，我力气小，一个月才挣三百块。"

父亲深情地望着儿子说："孩子，爹知道你的心，如果你真的为爹好，就给爹争口气，好好学习。"

儿子看着父亲，点点头，然后扶着父亲往回走。

"爹，那我去上学了。"儿子站在树下，背好书包，往山下走。

"等等。"父亲叫住了儿子。

父亲问："你的望远镜呢？"

儿子从书包里拿出望远镜，递给父亲。

父亲接了过来，挂在自己的脖子上，然后从兜里掏出红领巾，说："拿着，以后每次来上学，都把它挂在学校门口的树上。"

米香

地震来临时，父亲正在屋外晒药草。

父亲是个医师，三年前，妻子因病去世，父亲带着儿子来到离汶川五十多公里的山坡上，盖了一间屋子，住了下来。

地震发生后，父亲冲进屋内，把儿子抱了起来。当父亲转身向外跑时，房子坍塌了，他的腿被压在了石头下面。

一阵彻骨的痛楚，让父亲几乎昏死过去。但是，当他看到怀里的儿子时，便强忍着疼痛，将儿子推了出去。

儿子不知道发生了什么，他从未经历过地震，望着周围的山体一片片地滑落，儿子惊恐地依偎着父亲，说：“爸，我怕。”

父亲的下半截身子虽然不能动，但双臂还自由。他抚着儿子的头说：“孩子，不要怕，有爸在。”

儿子稍微安心了些，但仍不敢走开。父亲扭头看看山，知道随时都会有石头滚落，于是让儿子到前面十几米处的空场上坐着。儿子不敢离开父亲，他用小手尝试着去搬起父亲身上的石头，想把父亲拽起来。父亲说：“孩子，听爸爸的话，到前面去。”

儿子乖乖地坐在前面几米处，望着父亲，眼里含着泪水。

“孩子，不哭，爸给你讲个故事吧。”

“好啊。”儿子一听，顿时忘记了眼前的一切。

父亲撑着身子讲，非常吃力。但是，他知道，自己必须以这种方式吸引儿子的注意力。父亲看过周围的山势，唯一出山的路已被大量滑落的山石掩埋。

一天过去了，两天过去了。

儿子终于忍不住了，他摸着肚子说：“爸，我饿了。”

父亲发现，儿子对他的故事已经不感兴趣了。

父亲趴在地上，喘息了一会儿，突然说：“米香，儿子，爸闻到米香了。”

“真的?”儿子的眼睛顿时亮得像两颗晨星。

“爸闻到了，就在十里外，肯定是解放军叔叔来了，他们在蒸米饭。”

儿子笑了，他雀跃地欢呼着。

父亲低下头，两行眼泪落到手臂上。他用拳头狠狠地砸了一下地，暗骂自己的腿。如果不是被压在这里，他一定会翻山越岭，把儿子背出去。

刚才的话，父亲是在欺骗儿子。他怕儿子那弱小的身子会因为饥饿而随时倒下。

儿子心思单纯，他对父亲的话信以为真，所以，他不时地爬上小树，向山下望着。

“孩子，听爸的话，别乱动，要不你会更饿的。”

儿子乖乖地坐了下来。

夜晚来临了，儿子又开始摸自己的肚子。

“爸。”

“嗯。”

“你闻闻，有米香吗？”

父亲使劲一嗅，说：“有，就在十里外，解放军叔叔快找到咱们了。”

“米香，米香。”儿子喃喃地说着，蜷缩在树下，睡去了。

第三天上午，儿子醒来了。他的第一句话就是：“爸，还有米香吗？”

父亲微笑着说：“有，有。”尽管此时，父亲已经没有了精神，他趴在地上，甚至连撑起身子的力气也没有了，但是，他必须笑，笑给儿子看。因为儿子只有看到他脸上的笑，才会安心。

时间在一分一秒地过去。

儿子在父亲的谎言中，守候着希望，父亲的体力却在逐渐流失。渐渐地，父亲觉得眼前发黑，仿佛有一只手抓住了他的腿，往地狱里拖去。

就在这时，儿子突然爬上小树，欣喜地叫道：“爸，米香，米香，我闻到了。”

父亲精神一振，激动地说：“真的吗？”

“是真的。”儿子说。

儿子的话给了父亲莫大的鼓舞。一开始，父亲是以谎言欺骗儿子，但是现在，竟然真的飘来了米香。他嗅了一下，仿佛真的嗅到了。但是，直到傍晚，也没有人上山来。父亲望着儿子说："真的有米香吗?"

儿子说："我再去闻闻。"

儿子爬上小树，使劲地嗅了嗅，叫道："爸，真的有米香，从山下飘上来的。"儿子溜下树，趴在父亲身边说："还有红旗，我看到了红旗，漫山遍野，一片通红。"

父亲握着儿子的小手，突然两眼一湿。因为他知道，风是往山下吹的，在山坡上是逆风向，不可能嗅到米香。儿子之所以这么说，是因为他小小的心灵已经懂得了善意的谎言。

正是儿子的话，让父亲的体内涌出了无限的力量，他睁大眼睛，不让自己睡去。

第四天早上，一架直升机从天而降，搜救人员发现了被困的父子，将他们救了出去。

当有人问到他们是依靠什么活下来时，父子俩异口同声地说："米香。"

戒　烟

“你去找点食物吧，下午咱们便回城。”父亲凝望着儿子说。儿子点点头，钻进了丛林深处。等儿子的背影看不见了，父亲揉揉自己的腹部，倚着树坐了下来。

两年前，儿子到外地读书，由于路程远，一年只能回来两趟。这次回来，儿子说：“爸，在学校里，老师教给我许多道理，他说做人要做坚强的人，无论前途多么艰难，只要咬紧牙关坚持下去，就一定能够取得成功。”父亲摸着儿子的头说：“好儿子，你长大了。”儿子便说：“爸，咱们去山里游玩吧，老师说，爬山能磨练人的意志。”父亲点点头。

听了儿子的话，父亲很欣慰。“儿子大了。”父亲看看头顶的树冠，喃喃地说着。以前，自己是儿子的依靠，也许不久的将来，儿子便是自己的依靠。

儿子去了许久还未回来。父亲有些担心。他扶着树站起来又坐下，坐下又站起来，目光极力地望向远处。他想去寻找儿子，又怕自己刚走，儿子便奔了回来。

夜幕渐渐袭来。

父亲觉得心中有一股无法言说的滋味泛了上来。是烟瘾，只要白天不吸烟，一到晚上，父亲的烟瘾就会上来。

糟了，烟呢？父亲站了起来，摸了摸兜。父亲的烟瘾很大，一晚上能抽两包。

父亲在树下来回地踱着步。“这孩子，怎么丢三落四的，告诉他给我揣两包烟，也许在他的书包里，孩子，快回来吧，爸爸受不了啦。”父亲心里默念着。

时间一分一秒地过去。父亲渐渐地感觉到，自己心中就像有一只蚂蚁在慢慢地爬动着，那滋味真是难以忍受。

儿子终于回来了。

儿子从书包里掏出两个果子，说：“爸，吃果子吧。”父亲没有接果子，而是抓过儿子手中的书包。但是，他将儿子的书包翻了个底朝天，也没找到烟。

父亲苦恼地问：“烟呢，孩子，爸让你带的烟呢？”儿子惊叫一声：“糟了，爸，我把烟落在家里的茶几上了。”父亲一脸的绝望。儿子说：“爸，你不是饿了吗，先吃个苹果吧。”父亲推开了苹果，说：“我不吃，快给我找烟。”儿子看看周围，说：“爸，这里荒无人烟，去哪里找烟？你还是忍忍吧。”父亲叹息一声。他后悔了，不该和儿子出来爬山的。

“说什么励志活动，你啊，这不是要你爸的命吗？”父亲苦笑着。儿子一指山谷深处，说：“爸，咱们再往里走走，也许能找到人家。”父亲点点头。

傍晚，父子俩来到大山深处，却没有发现人家。父亲的烟瘾又上来了。这一次，他内心的感觉比上次还猛烈，上次是一只蚂蚁，这一次是一群蚂蚁。一群蚂蚁在心头爬动的滋味可想而知。父亲倚在石壁上，痛苦地呻吟着。儿子焦急地坐在地上，怜悯地看着父亲。

"儿子，我们……我们快回家吧。"父亲说。儿子摇摇头："爸，天色已晚，我们找不到出山的路，还是等到明天早上吧。"父亲抓着自己的胸脯，说："烟，给我烟。"儿子掏出一个果子，说："爸，吃个果子吧。"父亲怒吼："我要烟，给我烟！"儿子吓得脸色大变，不敢去看父亲。

天亮了。阳光拨开山崖上的树藤，落在父亲的脸上。

父亲睁开眼，见儿子蜷缩在自己腿上，似乎已经昏迷。父亲抱起儿子，说："孩子，你怎么了？"儿子慢慢地睁开眼，看看父亲，又看看天空，说："爸，我没事。"父亲说："孩子，咱们回城吧。"儿子站了起来，在前面带路。

父子俩左转右转，到了中午，又回到原处。父亲有些急了，问："儿子，你不是记住来时的路了吗？"儿子指指脚下，说："爸，你看看，这是一片山谷，四处都是丛林，哪里有路啊。"

父子俩转到傍晚，还在山谷里。

晚上，父亲的烟瘾又犯了。他几乎像个疯子，用手不停地捶打着自己。渐渐地，父亲没有了气力，烂泥似的躺在地上。儿子不停地在旁边劝着。

天亮后，父亲再次犯了烟瘾，正当他痛苦难耐时，儿子"扑通"一声栽倒了。父亲一急，强忍着烟瘾，赶紧抱起儿子，说："孩子，你是不是饿了?"儿子艰难地点点头。父亲说："孩子，这两天，你没吃东西吗?"儿子苦笑："咱们带的食物早就吃光了，我只找到几个果子，没舍得吃。"父亲一呆："你……你每次找食物回来，便说自己吃过了，其实，你根本就没吃?"儿子点点头。父亲眼睛一湿，一把抱住儿子，说："孩子，好孩子，你受苦了，爸这就带你出山。"

说着，父亲背起儿子，一步步朝外走。可是，他们又转了一天，仍然没有走出去。晚上，父亲又闹起了烟瘾。他先是抓着自己的胸膛，接着，又趴在地上，在石缝里、草丛中寻找着。尽管脸上、手上都划出了鲜血，父亲仍渴望奇迹的出现。儿子看到父亲的样子，神色惨怛地说："爸，对不起。"父亲转头望向儿子。儿子接着说："是我害了你，其实，我没有忘记出山的路。"父亲叫道："什么，你没有忘记?那你为什么不带爸爸出去?"

儿子说："我是故意这样做的，还有，我是有意不给你带烟的。"父亲一把抓住儿子的衣领，喝道："你为什么要这样做?"儿子轻声说："爸，你还记得妈妈是怎么离开家的吗?"父亲神色一变。

母亲是去年夏天走的。母亲本来和父亲感情很好。父亲的单位不许吸烟，晚上一回到家，父亲就抽个不停。有一年初冬，母亲把父亲兜里的烟扔进了湖里。父亲大怒，指着母亲说："你给我下去捞，捞不出烟，就从这个家里滚出去。"母亲下了河，河水很冷。过了很久，母亲终于把烟捞了上来。

从那天开始，母亲的气管便很不好。只要被烟一呛，母亲就会剧烈地咳嗽，甚至喘不上气来。

去年夏天，母亲离开了父亲。她无法在烟雾弥漫的家里待下去了。

想起这些，父亲低下了头。

儿子说："妈妈不许你抽烟，也是为你好，她怕你伤了身子。"父亲低头叹道："我知道，我不是不想戒，可是……我……我戒不了。"儿子说："不，你能戒的，一定能，我相信你。"

父亲抬头望着儿子。

儿子说："爸，还记得你和我说过的那句话吗？做人要做坚强的人，无论前途多么艰难，只要咬紧牙关坚持下去，一定能够取得成功。"父亲望着儿子足足有一分钟，然后点点头，一字一句地说："好孩子，爸一定把烟戒了！"

一周后，父子俩回了城。

此时，父亲神清气爽，再没有了吸烟时那委顿的样子。来到家门口，父亲刚掏出钥匙，门一开，母亲出来了。父亲一呆。

儿子一手拉着父亲，一手拉着母亲，开心地笑了。

两个包子

天气突然冷了下来，大街上的生意也冷清了许多。不过街道对面刚开的包子铺还很忙碌，我去的时候，已经排了不少的人。

北风呼啸了一夜，仍然没有减弱的意思。我紧裹着羽绒服，还是觉得有冷风渗入。我无意间往身旁一瞥，发现旁边的屋檐下蜷缩着一个男孩。男孩十来岁的样子，正望着热气腾腾的笼扇，直舔嘴唇。

我心中一动，走了过去，掏出五块钱，对男孩说："小朋友，你帮我去排队好不好？买了包子，我送你两个。"男孩望着我手中的钱，眼里一亮："真的吗？"我点点头。男孩接过钱跑到队尾去了，我蹲在屋檐下，这里的确可以避风，比站在大街上暖和多了。

男孩的身子缩在队尾，就像感叹号的那一小点。他缓慢地向前移动着，逐渐挪到了队中，最后终于挨到了队首。我心中得意，两个包子就省了排队的寒冷，这样的交易非常划得来。

男孩买好包子后，突然钻出人群，向另外的方向跑去。我大吃一惊，意识到自己犯了一个错误，如果他拿钱跑了，我不是鸡飞蛋打了吗？其实，区区五块钱，我是不在乎的，但是事小气大，我不堪其辱，于是拔腿追去。男孩跑出几十米，停了下来。那里有一个清洁女工，正俯身扫着大街，男孩取出一个包子递过去。我猛地顿住脚步，只听女工问他：“阳阳，你哪来的包子？”男孩指指我说：“是那位叔叔送的，不过，不是白送，我帮他排队换的。”女工接过包子吃起来。吃完一个，男孩又拿出一个，塞到女工手里，然后跑过来，把包子递给我，一脸歉意地说：“叔叔，我妈妈从早上到现在，还没有吃饭，你不介意先给她吧？”男孩看着我，一脸灿烂的笑容。我把包子递向他，说：“都给你吧。”男孩忙摆手：“不，我吃过了，早上妈妈给我做了饭，她自己没来得及吃。”说着，男孩扭头跑开了。

风，仍在呼啸，而我的身上却涌动着阵阵暖流。

回到家里，我在记事本上写下“阳阳”两个大字，我将牢牢记住他那灿烂的脸，并感动一生。

只要两日暖

小区对面有家超市，经理是我的朋友。因此，一到双休日，我便去他的超市里闲逛。

超市共有四层楼，顶楼是餐饮部，由于汇集了国内各地的名吃，所以非常吸引人，从早到晚，顾客络绎不绝。其中有一个男孩，引起了我的注意。他穿着朴素，看样子也就十来岁，但是脸上却有着同龄人少有的沉着。他通常一到餐饮部，就找一个偏僻的位置坐下，而并不像其他孩子那样，拉着父母的手，直往柜台前挤。

男孩每次都是一个人来，找好位置后，便开始认真地学习，周围的喧嚷声和空气中弥漫的饭香，似乎对男孩一点影响也没有。饿的时候，他便从兜里掏出一个馒头啃。

上周六，我又去了超市，刚到顶楼，就听到朋友的吼声。循声望去，只见他正推搡着那个男孩，喝道:“以后别来了，像你这样的顾客，我不欢迎。”男孩低着头，一副做错事的样子，开始收拾书本。我忙跑过去，把朋友拉到一边问:“到底发生了什么事?”朋友指着那个男孩说:“我观察他多次了，一到周六周日，他就跑到我的超市里来，既不购物，也不吃饭，却占着我的位子，你瞧我的顾客，还有那么多没处坐的呢，这种人，我能欢迎吗？"

朋友虽然自私了些，但他的话也不是没有道理。如果先来的人不吃饭而占着位子，的确会影响后来的顾客。我正想着，男孩从兜里掏出一把零钞来，然后向朋友递去："我把这些钱全给你好不好？"朋友一把打掉他手中的钱，怒喝道："这不只是饭钱的问题，还有取暖费呢？"

男孩讷讷地说："我只在周六周日来，只取两天暖，行不行？"就在这时，一个老者挤进人群，帮着男孩把钱拾了起来，拍拍他的头说："孩子，回去吧。"男孩走后，老者对我们说："我是这孩子的邻居，因为母亲生病住院，他耽误了半年的课程，一到周六周日，母亲便让他去上私家课堂辅导班。而他之所以来这里，就是想节约钱来给母亲买药，真是个懂事的孩子。"

朋友一脸的感动和惭愧，他叮嘱四楼的服务员，一到双休日，就给男孩留下那个常坐的位子，然后，又掏出一张 VIP 贵宾卡递给老者说："麻烦你给那孩子送去吧，就说本超市随时欢迎他的到来，无论他买不买东西，都是我们最尊贵的顾客。"

最佳答案

那不是一场简单的活动，当药品商说出游戏的主题时，所有参与的人都是一脸庄重，因为药品商要通过一场测试，了解一下老年人的多发病有哪些。

被邀请上台的是五位年轻人，他们依次坐好，在他们面前的每张桌子上都放着一块题板。药品商问："准备好了吗?"参与的人正襟危坐，都抬头望着他，用行动代替了回答。

"很好。"药品商说，"请在题板上写下你最想送给父母哪类药品，并做出合理的解释，你们就可以得到一次免费赠药的机会。"

众人开始作答。一分钟后，所有人都将题板竖了起来。药品商一一看去，见有人写的是治疗心血管类的药，有人写的是治疗肿瘤的药，有人写的是治疗心脏病的药，有人写的是滋补品，还有一个人，居然什么也没写。那个什么也没写的人默默地低着头，似乎还在寻思，也许一分钟的时间太短，他没有考虑完备；也许父母病情太复杂，他一时掂量不出哪一种药最适宜。

药品商问需要治疗心血管药的人："你为什么要选择这种

药?”那人说:“因为我的母亲曾经犯过心血管病，这种病发作起来太突然了，也太可怕了，所以我最需要它。”药品商点点头，又问需要医治肿瘤药的人:“那么，你呢?”那人说:“谁都知道肿瘤是让医生头疼的一种病，您的药真能治肿瘤吗?”药品商笑了笑，说:“这是我们销售此药的目的。”说着，目光望向需要治疗心脏病药的人。那人问:“您真的免费赠药吗?”药品商笑了，说:“当然，你们几个都是幸运者，只要活动结束，都可以免费得到一份药品，最佳答案者，还将免费得到三个疗程的药品。”

最后，药品商的目光落在什么也没写的年轻人脸上，问:“你呢?你怎么啥也没写?是不是对我们的药品不信任?”那人摇摇头。药品商又问:“是不是刚才没想好?”那人又摇摇头。

药品商说:“很抱歉，你不能得到我们免费的药品了。”那人站了起来，说:“没关系，我不在乎。”说完，那人向台下走去。药品商望着他的背影，突然问:“你为什么不想得到免费药品?”那人顿了一顿，头也不回地说:“因为我希望父母永远不生病，永远健康。”

周围的人都是一呆，接着，四下里响起热烈的掌声。

药品商拿起那人的空白题板，默然半晌，动容地说:“是啊，这才是最佳答案。”

领路的康乃馨

现在的城市街道横七竖八，盘旋交错，内环、外环绕了一圈又一圈，这让初来城市的汽车司机像盲人走路一样，越转越迷糊。于是，一种另类的职业人便诞生了——领路使者，即交通导航者。

牛二是A城的领路使者。前年他买了一辆车跑出租，后来发觉跑出租的竞争太激烈。一次，他从报纸上看到一条消息，说的是一个乡下人为母亲看病，到了城市里，却因为转来转去找不到医院而误了病情，母亲还没走上手术台便去世了。受此启发，牛二在车前面挂了一个“为你领路”的牌子，规定了标准价十元，超标费另付。还别说，这生意挺火，到现在，A城各个交通要道都有领路使者了。

别看领路使者的名称高雅，其实牛二和他的同行们却为了谋取“超标费”而常常坑骗外地人。

这天，牛二把车停在南环路口的花店外，正在等生意上门时，突然接到老婆的电话，告诉他母亲晕倒了，已经打了120，正在去医院的路上。牛二一听，急忙从花店里买了一束康乃馨欲前往医院。这时，一辆外地车在他身边停了下来，司机是个30多岁的青年，头顶微秃。秃顶青年对他说："师傅，麻烦你带个路吧。"牛二听说母亲去了医院，哪还有心情做生意，但出于职业习惯，还是随口问了一句："去哪儿?"秃顶青年说："电器商场。"电器商场就在医院附近，顺路，牛二就说："跟我走吧。"

一路上，穿街过巷，牛二走的是最近的行驶路线，经过电器商场时，牛二略微一减速，用手指了指，示意后面行驶的秃顶青年目的地到了，然后继续行驶，竟然忘了收钱。秃顶青年开车追了上来，说："师傅，多少钱?"牛二按标准价收了他十元。

牛二来到医院时，母亲已经进了抢救室。半小时后，抢救结束，大夫让牛二放心，告诉他，没有大碍了，老人脑血管脆弱，以后要随时提防突发脑溢血。牛二见母亲没啥事，松了一口气，把来医院路上揽的那笔生意，随口向前来探望的同行说了。一同行笑着说："哥们，你怎么不带着他多转转，好收取超标费啊。"牛二骂道："放屁，要是你妈在医院抢救，你还有心情兜圈子吗?"众人哈哈大笑。

几个月后的一天，牛二的母亲突然又摔倒了。这一次，血管破裂，出血很多，A城医院不敢做手术，建议牛二赶紧去B城。

牛二不敢耽搁，开着车向B城飞驰而去。来到B城时大约是下午六点左右，正是下班的时间，街上车辆川流不息。牛二第一次来B城，也不知医院在哪儿，见旁边停着一辆车，上面挂着“领路使者”的牌子。于是，牛二就把车开了过去，头探出车窗招呼道：“老兄，麻烦你带个路。”司机抬起头来，两人四目一望，都“咦”了一声。原来司机正是上次牛二遇到的那个秃顶青年。秃顶青年问他：“哥们，去哪儿?”牛二说：“母亲病急，麻烦带我们去医院，还有……”牛二担心秃顶青年和他绕圈子，从兜里掏出一百元钱来，递过去：“老兄，这些都给你，我只求走最近的路。”

秃顶青年看看钱，又看看牛二，再往车里看了一眼，明白了牛二的意思。他把钱收下，又回找了九十元，说：“车跟紧啊。”

两辆车一前一后，在街道上穿梭着，十几分钟后便到了医院。秃顶青年很热心，先是引导牛二到了急诊室，又找了个熟人，把牛二的母亲送进了手术室。

B 城医院在治疗脑血管疾病领域的水准确实比 A 城高超，手术后，牛二的母亲脱离了危险。事后牛二才知道，如果手术再晚半小时，甚至十几分钟，母亲就会有生命危险。而且经过询问，他还知道，来医院的路是最近的路。为此，牛二十分感激那个秃顶青年，如果他像 A 城的领路人一样，为了多赚“超标费”而绕一个圈子，后果就不堪设想了。

第二天早上，牛二母亲手术的痛感渐渐减轻，昏昏睡去。牛二拿毛巾给母亲洗了一把脸，然后坐在床边。他听了听，母亲的鼻息虽然还很弱，但已经很均匀，心中一宽。这时，外面门一响，那个秃顶青年拿着一束康乃馨走了进来。牛二微微一愣，他想不到秃顶青年会来看望母亲。秃顶青年轻声问：“大妈的病情稳定了吗？”牛二点点头，说：“基本过了危险期，多亏了你，想不到你们 B 城的领路使者这么高尚。”

秃顶青年笑着说：“其实，我以前也常有坑骗外地人的行为，是你给我上了一堂生动的教育课。那天，我送一位客商去电器商场，客商的一批电器在技术上出了问题，而那时产品已运到电器商场，客商担心一旦销售出去，会给消费者带来生命危险，便带着技术人员前往检验。我担心你会兜圈子，后来一问，才知道你带的那段路是最近的路程，幸好没有耽搁。回到 B 城，我和同行们说起这件事，大家深有感触，都觉得耽误时间，有时会危及人的生命。倘若发生了这种事，我们一生中都会受到良心的谴责。于是我们联合声明，从此做真正的领路使者，用最快的时间把顾客送到目的地。”

牛二惭愧地说：“老兄，应该是你给我上了一堂生动的教育课啊。其实那天正巧母亲病了，我急着去医院，而且，去医院的路和去商场的恰好同路，我根本没有时间带你绕圈子。”秃顶青年微微一愣，紧握住牛二的手，一字一句地说：“你能告诉我这些，说明你还是个明理的人，我相信你会成为一个让外地人放心的领路使者。”

20 天后，牛二带着康复的母亲回到了 A 城。第二天一早，牛二的领路车又出现在街道边，他的车前插着一束康乃馨。过了不久，牛二同行们的车上也都插上了康乃馨。从此，外地的司机来到 A 城，就像回家一样，感觉 A 城的大街小巷到处充满了温情。

善良是阳光，是温暖，是一种美好。而这种善良不仅来自于母亲对于子女的教育，更有子女对母亲的爱。若不是牛二心系母亲的安危，领路者车前的康乃馨也不会如此芬芳。今天，我们给予别人阳光，明天，也会得到别人的温暖。

爱的杯子

我喜欢收藏杯子，尤其是水晶杯、不锈钢的变色杯、生肖杯以及印画杯。

一天早上，我发现工艺架上多了一个杯子。那是一个普通的饮料杯子，这种杯子超市里有不少，算上饮料不过三四元钱。是谁把它放在工艺架上，而且还占据了最显眼的位置？我把杯子拿下来，放在窗台上。我虽然喜欢杯子，但并不是毫无品位。

然而，我没有想到，到了第二天，那个杯子又回到了工艺架上，难道是它长了翅膀不成？当然不是。我再次把它放在窗台上。工艺架上都是赏心悦目的“珍品”，一个粗糙的、劣质的、廉价的杯子，怎么能上我的工艺架？

第三天早上，我从床上起来，一边扩胸，一边往外走。我一抬头，又看到了饮料杯子，它正大模大样地“站”在工艺架上。而我最心爱的一个杯子，居然被挤倒在一边。我有些生气了，把饮料杯子摔在地板上，杯子“啪”地裂成了几块。

听到动静，女儿跑了出来，惊愕地问：“爸，您摔了它？”我说：“一个普通的饮料杯子，爸不喜欢。”

“可是，这是我送给您的啊。”

“什么?”我一呆。

我没有想到这是女儿的一件礼物，而且，对我来说，它并不陌生。三年前，女儿考取了市第三中学。在我送女儿上学校的路上，我怕她口渴，便买了一瓶饮料。一路上，我嘱咐女儿在学校里要照顾好自己，不要吃太凉的东西。女儿点点头。虽然女儿在本市读中学，但由于学校是封闭式教育，她只能两周回一趟家。女儿喝完饮料，把杯子保存了下来，这几年，她一直用这个杯子喝水。初中毕业回到家里，女儿见我喜欢收藏杯子，就把饮料杯子放在了工艺架上。

女儿说："爸，在我看来，这并不是一个普通的杯子，因为它陪我走过了三年的人生旅途，一看到它，我就想起当初您送我上学时的情景。”

听到这，我后悔不迭。

我没有想到一个普通的饮料杯子，竟然承载着一份珍贵的情意。而我不但没有珍惜，还亲手摔破了它。

我把玻璃碎片捡起来，小心翼翼地黏合在一起，放在工艺架的中间。从此，每天早上，我都要默默地看它几眼。

他是个好爸爸

命题作文《我的父亲》评选结果出来了，石头的作文在大奖赛中脱颖而出，获得了第一名。评委的意见是：情真意切，感人至深，字里行间流露着绵绵亲情。作文通过父亲在灯下为儿子缝补衣服、雪夜背着儿子去诊所和奔波百里为儿子借课本等几个情节，把一个父亲那平凡而又伟大的爱表现了出来，震撼人心。

石头这篇《我的父亲》，连同其他三篇优秀作文，被打印了出来，贴在校园道路两旁的宣传栏里。同时，四位爸爸的名字也公开了出来，校方将从中选出一位“好爸爸”，颁发荣誉证书，奖励是新马泰七日游。

作文才贴出来一天，学校便接到了三封揭发信。

一封信写道：石头同学的作文是假的，他的父亲石山是个赌徒，经常输得精光，希望校方不要让这种人当选。

一封信写道：石山是个酒鬼，他经常醉倒在街道上，这种人当选有损学校的形象。

一封信写道：石山是个好色之徒，他和一位寡妇姘居了多年，这种人当选有损学校的声誉。

这几封信沉重地压在校长的办公桌上，校长把它们拿给几位评委老师看，评委们看完，一个个摇头叹息。王刚老师拍着桌子说："可恨，这种人怎么能当选！"白雪老师说："可惜，石头同学的素质太差了，他竟然把石山描述得这么伟大，这是欺骗我们、欺骗学校。"

第二天，评选大会在广场上举行。校长宣布参选名单："参加最后'好爸爸'评选的有贾婷婷同学的爸爸贾有财，吴月月同学的爸爸吴大权，庄明明同学的爸爸庄警官。"

这时，一个瘦小的男生跳到台上，大声说："为什么没有我爸爸？"

校长问："你叫什么名字？"

男生说："我叫石头。"

校长严肃地说："你爸爸石山不符合我们的评选条件。"

石头说："校长，我爸爸是个好人。"

这时，贾婷婷的爸爸贾有财走上来说："石头，我听说你爸爸上周和人赌钱，输了 300 多块，最后连腰带也输掉了……"

哄笑声四起。

"不会的！"石头大声说。

吴月月的爸爸吴大权晃着肚子过来了："石头同学，你不要为石山辩护了，我也听说，前几天他喝醉了酒，在广场的雕像上撒了一泡尿呢……"

哄笑声再起。

石头的眼圈红了，他刚要张嘴，庄明明的爸爸庄警官走过来说："石头同学，你爸这人啊，唉，太好色了。听说上个月，他在大街上扯着一个姑娘的裙子不松手，如果我在场，肯定要拘留他几天。"

哄笑声如潮。

石头痛苦地捂起耳朵，蹲在地上，他不想再听了。

白雪老师走了上来，同情地说："石头，你爸爸来了吗？希望他自己能出来解释一下。"

石头咬着牙摇摇头。

贾有财、吴大权、庄警官哈哈大笑，都说："看吧，石山连来都不敢来，分明是做贼心虚。"

石头突然站了起来，大声说："不，我不许你们侮辱我爸爸，他……他……"

"他怎么啦？"白雪问。

石头脸上肌肉扭曲着，一字一句地说："他已经不在人世了。"

"啊……"

台下惊嘘声一片。

石头喃喃地说："那是三年前的一天夜里，我们家乡突然下起了暴雨，大水冲垮了堤坝，淹没了我的家园。那天夜里，爸爸背着我，一直游了三个多小时，后来，他把我放在一棵树上。我想和他一起待在安全的位置，可是爸爸摇摇头说，'孩子，爸爸回去把你的课本找回来，你要记住，要好好读书，别辜负了爸爸’……说着，爸爸迎着大水又游了回去，可是……他一去就再也没有回来……”

许多家长的眼睛湿润了，他们怜悯地看着石头。

石头泪眼蒙眬地扫了贾有财、吴大权、庄警官三人一眼，说：“三位叔叔，我是个乡下孩子，我爸爸也是个乡下人，他只有送我上学时，才能到这繁华的城市里来一趟，他这一生从来不喝酒、不赌钱，你们为什么侮辱他？为什么？”

贾有财、吴大权、庄警官三人低着头，竟然不敢再看石头一眼，悄悄地退出了人群。

校长走上来把石头抱在怀里，轻轻地说：“孩子，石山是个好爸爸。”

男孩的手套

每逢周末，我都会去图书馆转一圈。

那天，我刚来到图书馆门口，一个男孩便走了上来，举着一副毛线手套说：“叔叔，买一副吧。”我笑了笑，说：“小朋友，叔叔有手套，你去卖给别人吧。”男孩失望地提着书包走开了。我随意地瞥了一眼，见他的书包里鼓鼓的，怕是有十几副手套呢。如果在十几年前，也许毛线的手套还好卖，可现在谁还戴这个？

我从图书馆出来时，外面起风了。呼啸的冷风顺着街道由北而来，吹得行人一个个东倒西歪，睁不开眼睛。

我裹了裹大衣，正要打车回家。这时，那个男孩从路边跑过来，说：“叔叔，买一副手套吧。”男孩说完，便低着头想走开，看样子，他已经认出我了。我见他抱着书包，里面还鼓鼓的，显然，他的手套没有卖出去。

我问他：“小朋友，这么冷的天，你怎么不回家？”男孩说：“我要卖完这些手套再回去。”我拍拍他的肩，说：“现在很少有人戴毛线织的手套了，你还是回家吧。”男孩固执地摇摇头。我指着远处的墙角说：“去那边吧，路口上风大。”男孩说："不，这里过路的人多。"我叹息一声走开了。

几天后，我去学校参加家长会，碰到一个中年人。中年人也是来参加家长会的，他的儿子和我女儿同级，但不同班，因此，我们并不认识。由于这次家长会是几个班合并开的，所以，同年级几个班的家长都坐在了一起。中年人就坐在我前面，他很健谈，而且说起自己的儿子来，满面红光，一副自豪的样子。过了一会儿，中年人回过头来，问我："你认识我儿子吗？"我摇摇头。中年人掏出手机，指着显示屏上的照片说："这就是我儿子。"我一看，原来他儿子就是那个卖手套的男孩。我问他："你家里有人织手套吗？"中年人说："织手套？你瞧我的样子像织手套的吗？"我笑了笑："我是说你的家人。"中年人说："我和儿子相依为命，他上学，我开车，谁有空织手套。"我再次看看他手机上的照片，觉得自己并没有认错，便说："我看到你儿子在大街上卖手套呢。"中年人说："不会的，我儿子很乖，平常上学，周六周日在家学习，根本就不出来，要不然他的成绩能排前三名吗？"

正说着，教导主任进来了，简单的开场白后，他对每个班表现优秀的学生给予了表扬，也对成绩始终落后的学生做了点名提醒，希望这些学生的家长配合学校，提高孩子的成绩。我发觉中年人竖着耳朵听着，脸色越来越难看。只听他自言自语地说："怎么没有我儿子呢？"这时，教导主任又念了几个名字。中年人站了起来，叫道："对，对，这其中就有我儿子。"教导主任看看他，说："你儿子属于成绩滑坡很快的孩子，希望你能总结一下孩子成绩落后的原因。”中年人面红耳赤地说：“我儿子怎么会成绩下降呢，他不是每次考试都能排在前几名吗?”

这时，男孩的班主任站了起来，说：“最近几个月，你儿子无心学习，有时还逃课，因为你常年在外出车，我们联系不上，只有趁这次机会，向你反映一下。”

中年人张大了嘴巴，说：“他……他怎么会这样?”我说：“学校反映的情况属实，我看到过你儿子，他在图书馆门口卖手套。”中年人听到这，拔腿就走。我担心会出什么问题，随后跟了去。

我来到图书馆门口时，中年人正拧着男孩的耳朵大骂：“好小子，不好好读书，来卖什么手套，让你爸丢尽了脸，卖的钱呢，是不是拿去上网了？拿出来！”

我一听，对男孩的好印象顿时减少了几分。本来我还可怜他，现在却觉得他太不争气了。我说：“小朋友，这就是你的不对了，你爸对你期望这么大，而你呢?”男孩看看我，一副欲言又止的样子。中年人举起了巴掌，喝道：“快说，钱呢?”男孩固执地说：“我没啥可说的。”中年人一听，“啪”的一掌打在了男孩脸上。

就在这时，一个穿着朴素的女人推开看热闹的人群，跑进来抱住男孩，说：“孩子，你怎么不把实情告诉他啊?”中年人一见女人就愣了，他呆了半晌，蹲在男孩面前，问：“孩子，你是帮妈妈卖的吗?”男孩咬着牙点点头，说：“我怕你生气，所以一直瞒着你。”中年人一把抱过男孩，泪流满面地说：“傻孩子，无论如何，她是你亲妈啊，爸怎么会生气呢。”

女人看了中年人一眼，说：“有你这样当爸的吗？不问青红皂白就打。”中年人一脸愧疚地说：“是我不对，我自罚。”说着，中年人狠狠地打了自己两巴掌。男孩抓住中年人的手说：“爸，我不怪你，谁也不怪，只要你不反对我帮妈妈卖手套，我就开心了。”中年人看了女人一眼，低声问：“你的那个他还不能说话吗？”女人点点头。中年人叹息一声，说：“本以为咱们离婚后，你会得到幸福，谁想，你命这么薄，嫁了个男人，才一年就被车撞成了植物人。”中年人说着，从男孩书包里拿出一副手套，说：“爸买一副。”说完，中年人掏出十块钱塞到男孩怀里。

看到这里，我有些感动了，忙走上前，递给男孩十块钱，买了一副手套。周围看热闹的行人也纷纷上前，转眼间，男孩书包里的手套全卖完了。男孩不停地催促着女人，说：“妈妈，快回家再取啊。”女人向周围的人不停地鞠躬，嘴里说着谢谢。

回来的路上，北风呼啸着。我戴上手套，只觉得有两股暖流顺着手臂缓缓而上，汇入了心田。

第四辑　骨肉相亲

时间的流逝，许多往事已经淡化了。可在历史的长河中，有一颗星星永远闪亮，那便是亲情。

——高尔基

外婆的菜团子

清明时节雨纷纷，路上行人欲断魂。

每年的清明节，我总要去拜祭外婆。外婆的坟在村子前面，抬眼望去，一抔丘土，满目凄凉，几点纸灰，低空飞旋。每每站在坟前，眼前总能浮现出外婆那慈祥的面庞，心中便缓缓涌起一股暖流。

2001 年春天，外婆离开了她生存了 73 个春秋的尘世，永远地合上了眼睛。而当时，我还远在省城学习。那天本来天气晴朗得很，但到了下午就突然起了大风，风卷黄沙，扑人鼻目。我猛然觉得有什么不祥的事要发生。记得第二天就是外婆的生日了，我就利用下午的时间，在商场里好好转了转，想要给她买点合适的礼物。最后，我给她老人家扯了一丈红花布，因为外婆曾经跟我说过，她最大的遗憾就是嫁给姥爷时，没有穿上一件像样的红花袄。这块布虽值不了多少钱，但我想，它在外婆心目中的分量肯定不轻。然而，当我回到家乡后，一个突如其来的噩耗把我惊呆了——外婆已离开了人世！

其实，外婆病重的消息，我是听说过的。但不知为什么，在我心里，从没想过她会离我们而去。我颤抖着双手，将那块红花布披在了她的坟上，喃喃地说：“外婆，你把它带去吧。”

外婆的死，对我的打击很大，因为我从小是在外婆家长大的，她对我的呵护、关爱，我终生难忘。

我有四个舅舅，三舅、小舅和我的年龄差不多，都是小孩子，平时常在一块玩。记得有一次，我和小舅打架，那年我7岁，小舅9岁，我一赌气，跑了出去。当时我虽然小，却隐隐懂得寄人篱下的道理，觉得自己不该这么没出息，于是就想一走了之。那天夜里，还下着雨，我躲在村后的玉米地里，外婆沙哑的呼喊声从雨中传来。突然，我听到一声“哎呀”，便忍不住从地里钻了出来，看到外婆浑身泥泞地趴在地上。她见了我，挣扎着起来，把我紧紧搂在怀里。

那天，我被雨水淋得感冒了，烧得很厉害，一连打了几针，才退了烧，但身子还是虚得很，软得像个棉花团，下不了床。外婆见我退了烧，脸上有了笑容，说：“今天外婆给你做好饭吃。”我说：“什么好饭?”她看了一眼小舅他们，向我眨眨眼，没说。

饭熟了，却是一锅菜团子。这哪是什么好饭啊，我顿时没了胃口。外婆在里面挑了一个递给我，说：“吃吧，吃上它，你的身体就会好了。”我偏头一看，小舅他们都在外屋大口大口地吃呢，于是，也咬了一口。第一口没觉得怎么样，但咬了几口之后，突然觉得里面的馅特别香。原来，团子里面裹着鸡肉！那鸡肉的香味，顺着牙齿直沁心肺，一下子把我的馋劲儿勾了上来。我一口气竟吃了三个大团子。那顿饭，真的是我有生以来，吃过的最好的一顿。

原来，外婆把家里唯一可以下蛋的那只老母鸡宰了。本来那只母鸡是很敬业的，三天至少能下两颗蛋，攒上一阵，就够小舅和三舅上学的费用了，有时还能给我扯几尺鞋布回来。但那时我没多想，只觉得鸡肉真香。

接连几天，顿顿吃着鸡肉团子，吃得我的小脸鼓足劲地往外圆。那天，我吃完团子后，把嘴一抹跳下地来，正看见小舅在外和外婆耍闹，说："娘，团子有啥好吃的，你天天让我吃这个。"我忍不住说："小舅，团子很好吃啊，你看我。"说着，我拍着滚圆的肚子走出来。小舅赌气地将手中的团子往地上一摔，说："难吃死啦。"那团子摔在地上，馅都散落出来，竟是一些糠菜。我呆了，问小舅："你天天吃这个？"小舅说："是啊，难道你吃的不是？"我没说话，而是紧盯着外婆。外婆扭过头去，避开我的目光。我什么都明白了，猛地扑在她老人家身上，哽咽着叫了一声"外婆"，却再也说不出话来……

一晃多年过去了，然而这件事，却永远珍藏在我的心中。因此，无论我走到哪里，遥望家乡时，总能想起渐渐年迈的外婆，可是，如今我再也见不到她了。

细雨霏霏，哀思不断，面对那一抔黄土，我泪眼模糊，喃喃地说："外婆，你还能给我做菜团子吗？"

一帘疼爱

宋书是第一中学出了名的坏小子。

宋书圆脸，留了个刺儿头，校服上的扣子从来没有老老实实地扣好过，不是下面的扣在上面，就是上面的扣在了下面。

班主任训斥宋书，说：“瞧你的样子，还像个学生吗？把扣子扣好。”宋书把扣子全解开了，然后手一垂，敞着怀露着胸脯，说：“老师，我不会扣。”班主任是个姑娘，看着他的样子脸有些红，再次训斥：“把扣子扣好！”宋书说：“老师，我真的没扣过扣子，要不你给我扣？”

班主任一气之下，找来了宋书的妈妈。宋妈妈不住地认错，说：“都怪我，把他惯坏了，这么大的人了，别说扣扣子，有时吃饭还让我喂呢。”班主任苦笑，说：“您太溺爱孩子了，其实这样对他的成长并不好。”宋妈妈说：“我明白，我明白。”

回到家里，宋妈妈就和宋爸爸说了儿子的情况，两人参考了一些家庭教育的书，最后一致认为，儿子不能生活在温床上了，应该要学会独立。几天后，他们把孩子送到了奶奶那里。宋奶奶一个人独住，老来寂寞，孙子一来，顿时心里乐开了花。

但是，在奶奶这里，宋书的恶习不但没有得到收敛，反而像雨后的小草，更加葱茏了。宋书迷恋上了网吧，不泡到半夜不回家，白天更是经常逃课。班主任大感头疼，无奈之下，只好再次找到宋妈妈，细数宋书的不良表现。

宋妈妈和宋爸爸一起来找宋奶奶，两个人都没好气地把宋书的种种恶习，一股脑儿地扣在宋奶奶头上。宋奶奶先是觉得疼爱孙子没有错，后来又觉得儿子儿媳的话不无道理，如果不是自己宠着孙子，宋书也不会到了这种地步。

这天晚上，宋书又在网吧里熬到半夜，回来后就钻进厨房。宋奶奶出来了，说："小书，以后别在外面熬夜了。"宋书脖子一扭，说："你管不着。"宋奶奶说："我是你奶奶，你爸还听我的呢，我怎么不能管?"宋书说："我连爸的话都不听，还会听你的吗?"宋奶奶叹口气，说："你再去网吧，奶奶就锁上厨房门，不许你吃饭。"

果然，第二天晚上，宋书半夜里回来一看，厨房门锁着。宋书抬脚就踹，"咣咣"几下，把门踢烂了。宋书冲进厨房狼吞虎咽地吃起来。

早上，宋奶奶爬了起来，站在破烂的门前发呆。宋书有些后悔，说："奶奶，让人再做一个新门吧。"宋奶奶似乎想到了什么，摇摇头说："算了，没门更好。"宋书心想，是啊，没门岂不更方便!

之后，宋书依然泡在网吧，不到半夜不归。厨房也没有再换新门，而是挂了一个门帘。门帘是珠子的，轻轻一碰，清脆作响。这让宋书的脑子里不时地浮现出童年时的情景。

宋书从三岁起就跟在奶奶身边，直到上了小学才被爸爸妈妈接回去。他记得小时候住在奶奶的旧宅子里，厨房门上就挂着这样的一个珠帘子。

正想着，宋奶奶突然走进厨房，她扶着墙，脚步有些蹒跚地说：“小书，饭菜凉了，奶奶给你热了再吃吧。”宋书说：“不用了，你去睡吧。”说到这，又忍不住想起儿时的一些往事来。那时，他常常与几个伙伴在外面玩耍，回来后，宋奶奶就给他重新热一下饭菜。宋奶奶常对他说，吃冷饭会伤胃的。

宋奶奶将饭菜放进了电饭锅，说：“小书啊，奶奶上了年岁，耳朵不灵了，所以找出这副旧门帘挂上，只要听到‘哗哗’的响声，就知道你回来了。”宋书心中一动，忙问：“奶奶，你一直没睡吗?”宋奶奶说：“傻孩子，奶奶怕你回来吃冷饭，怎么睡得着呢。”宋书一呆，他默默地望着奶奶那满头的白发，突然间泪水湿润了眼眶。

宋书抱住奶奶，哽咽地说：“奶奶，从今以后，我再也不去网吧了。”

父母的脚有多大

记得几年前的一天，有家皮鞋厂在单位门口搞促销，我见皮鞋质量还不错，价格也比商店里便宜几成，就给老婆和女儿各买了一双。

回到家，让她俩一试，嘿，不大不小，正合适。老婆不住地夸我："行啊，眼力真不错，看来心里装着咱娘俩呢。"女儿也说："还是老爸好，我的脚每年见长，你都记得住啊。"我说："傻丫头，你是爸的心肝宝贝，我能不关心你吗?"

第二天上班时，我发现门卫王老头也在门口买鞋，便和他打招呼，半开玩笑地说："老王，给老伴买鞋啊。"老王不好意思地笑笑，说："是给俺老娘买啊，她今年七十多啦，穿了一辈子布鞋，俺瞅这鞋质量不错，想买回去给她穿，也让老人家享受享受。"

我暗叫惭愧，想想父母，为了把我拉扯成人，奔波劳累了一生，我怎么没想到给二老买一双呢? 我凑上去，对售鞋小姐说："给我来两双。"售鞋小姐问："您要多大尺码的?"我一愣，这才发觉自己连父母的脚多大也不知道。我红着脸说："要不男式和女式你给我各来 3 双，尺码接近的。"售鞋小姐看出了我的窘态，说："我们在这促销一周，您拿回去，穿着不合适的可以退回来。"我连说"谢谢"，拎着6双鞋回家了。

周末回到老家，让母亲一顿数落："你真是个败家子，一下子买了6双鞋，这得多少钱啊！"我说："没事，不合适的能退。"母亲这才试了试，果然其中有一双穿着合适。父亲也试了下，留下了一双。我吁了口气，暗中记下了那两双鞋的尺码。

其实，记住父母的脚有多大，是很容易的事，只是往往我们心中装着老婆孩子，父母却被忽略了。虽然逢年过节，我们也会回家看望老人们，少不了给他们买些补品类的东西，却很少给他们买一双舒适的鞋子，为什么？因为我们根本不知道父母的脚有多大啊。

二叔家的鱼

那时，我家里很穷，父亲在外地工作，每隔半年才寄一次钱回来，而母亲卧病在床。无奈，我只好放弃了学业，担当起养家的责任。

我排行老大，下边还有两个弟弟，一个妹妹。当时我十四岁，刚考上乡中学，二弟十二岁，三妹十岁，都在读小学，而最小的弟弟才六岁，还没有读书。不算母亲的医药费和二弟三妹的学费，一家人五张嘴，吃饭也是大问题。

每天，我除了背着柳筐去村外砍草放羊外，晚上还要摸黑去河畔挖野菜。河畔长着一片碧绿的荷包菜，荷包菜多是两瓣，叶瓣厚实多汁，伏地而生，散发着清香，洗净了切碎，可以蒸菜团子吃。

那天傍晚，我挖了半筐荷包菜后，坐在河畔的石头上休息。由于粮田灌溉，河床里只剩下浅至脚面的水，如果能抓几条鱼回去炖一炖，给母亲补补身子多好！还有弟妹们，他们顿顿吃野菜窝头，长得瘦骨嶙峋，哪有精力读书？可惜，我顺着河水趟出好远，河里都没有鱼。突然，我想起邻居二叔的水缸里养着几条鱼。二叔家承包了一池鱼塘，家里的水缸从不断鱼，何不偷上一条？不行，妈妈常教育我要做一个好孩子，家穷不怕，怕的是我和弟妹们学坏，做一些有违良心的事；可如果再不增加营养，我怕妈妈和弟妹们都撑不住了。

我背着菜筐回家，一路上琢磨着这件事。到了家里，我把荷包菜倒在地上，转身出来，走到二叔家的院墙外，我左右看看没人，就伸出鱼竿，从墙缝中瞄准目标，把鱼线挥进二叔家的鱼缸里。很快，鱼咬钩了，收竿后，一条一斤多重的鲫鱼钓了出来。

我赶紧抱着鱼跑回家中。母亲见了鱼，问是从哪来的，我说从河里捉的。母亲足不出户，她不知道河里有没有鱼。那天，我的母亲和弟妹们终于像神仙般吃了一顿好饭。小弟边吃边说："大哥，明天我跟你去捉鱼。"

小弟口无遮拦，"钓鱼"的事我可不敢带他。第二天，我连哄带骗，小弟始终不听，只好把他锁在屋里。我估计二叔二婶上地了，便抱着鱼竿出来，又顺利地"钓"了一条。

但是，我终究不知道二叔家的鱼有多少条，怕被他看出情况来，第三天，我便趁二叔二婶上地前，到他家打探情况。我以借锄头为由，来到二叔家，随意走到那口缸前，说："二叔，原来你家里也养着鱼呢。"二叔叹了一口气说："家里本来有七八条，谁知这两天无缘无故少了两条。"我不动声色地说："是不是被三叔家的猫吃了，猫最喜欢腥了。"二叔听了，微微一怔，说："也许吧。"

我心里高兴，这么一来二叔便不会怀疑有人"钓"鱼了。

不过，我也不敢经常去偷，只等弟妹们嘴馋的时候，才“钓”一次，给他们打打牙祭，如此半年下来，弟妹们不但身体健健康康的，学业也有了一些进步。又过了大约半年，父亲转业回来，二叔听说后，提着几条鱼过来了。喝了几杯酒后，二叔乘着醉意摸着我的头说：“娃，二叔家的鱼好不好吃？”我心里有鬼，红着脸说：“好吃。”二叔有意无意地说：“你小子摸鱼的功夫挺厉害嘛！河里没水你也摸得到。”我低声问：“二叔，你怎么知道？”“是你小弟说的，他说你经常去河里摸鱼，家里不断有鱼吃。”母亲听出二叔话里有话，便问我：“娃，你说实话，那些鱼是哪来的？”我望着母亲逼视的目光，再没勇气撒谎，低头对二叔说：“二叔，我错了，那些鱼是从你家里偷的。”二叔说：“我早就猜到了。”我愣愣地说：“你猜到了？”二叔笑着说：“你想啊，我家缸里最多有几条鱼，为什么你断断续续地钓了一年还没钓完？那是我故意放进去的。再说，你三叔家的猫早死了。”母亲急忙说：“他叔，这如何是好，我欠你们家的太多了。”

二叔豁达地笑笑，说：“大嫂，大哥这几年不在家，你和孩子们不容易啊。说实在的，娃们一个个穿不好，吃不好，我怎么看得下去啊，还有……”说到这，二叔看着父亲说：“你转到地方来就好了，大娃不能再耽搁了，他也该回学校读书了。”

“谢谢二叔。”我鼻子一酸，两眼已是一片模糊。

鼓舞生命的来信

我有个邻居的儿子叫小明。那年，小明在车祸中失去了右臂，从此，他陷入了对生命的绝望之中，每天不吃、不喝，甚至不睡，仅靠打点滴来维持营养。灰暗的气息笼罩了整个家庭，小明的父母也是整天眉头紧锁，被苦恼折磨得抬不起头来。

一天，小明收到了一封信。信是一个叫小强的男孩寄来的。在信上，小强称小明为弟弟，对他的遭遇表示了同情。小强告诉小明，他也是个不幸的男孩，而且，他要比小明更不幸，因为他失去的是一双手臂。但是，他没有失去对生活的向往，没有放弃对人生的追求，而是战胜伤痛，战胜自身，学会了用脚写字、绘画。他的画在全市书画大奖赛中还得过奖呢。最后，小强告诉小明，这封信就是他用脚写的，失去了右臂还有左臂，失去了双臂，还有双腿……

看着信，小明的眼睛里慢慢有了光彩。无疑，这封信对他的鼓舞很大。是啊，别人失去了双臂，尚且顽强地活着，我还有一条胳膊呢。想到这，小明将信揣好，大声对母亲说：“妈妈，我要吃饭。”

从此，小明有了活下去的强烈愿望，伤势还没有完全痊愈，他便主动要求用左手练字。两个月后，小明重新回到教室，和同学们一起大声朗读，认真学习。在他的脸上，再也看不到一丝灰暗的色彩。

之后，每隔一段日子，小明便收到小强的来信。信上除了鼓励外，便是询问。小明也将自己近期的学习和生活状况写下来，按照信上的地址让妈妈寄出去。

两年后，小明以优异的成绩考上了市重点高中，并被教育局评为“十佳少年”、“优秀中学生”。

这天，是小明的生日。在切蛋糕之前，小明对母亲说：“妈妈，我要送您一件特殊的礼物。”母亲笑道：“傻孩子，今天是你的生日啊，怎么想起给妈妈送礼物？”小明说：“人人都说，孩子的生日是母亲的受难日，这份礼物一定要送。”说着，小明从怀里掏出一封信来，收信人是小强，地址是小强的地址。这样的信母亲曾替小明寄过多次，她愣愣地看着儿子，不知他是何用意。小明说：“您打开看看。”母亲抽出信，见上面只写着五个字：妈妈，谢谢您！

母亲望着小明问：“孩子，你全知道了？”小明点点头，说：“我也是不久前才知道的。那天，我放学回来，决定按照信上的地址去见小强哥哥一面，没想到，等我按照地址找去后，却查无此人。后来，我去了市美术家协会询问，并没有一个叫小强的残疾人。于是，有一次我写好信交给您，并暗中跟踪，才发现，您没有把信寄出去，思前想后我才明白，原来

‘小强’是妈妈杜撰的一个人，您是想鼓舞我好好活下去啊。”

母亲将小明拥在怀里，说：“是啊，为了让你好好活下去，妈妈也是不得已啊。”小明说：“妈妈，谢谢您。”母亲笑道：“好了，从今天开始，‘小强’这个人就不用存在了。”小明摇摇头，说：“不，妈妈，就让他永远存在下去吧，也许，还有像我一样遭遇过不幸的孩子，他们也需要‘小强’的鼓舞。”

失去了右臂，还有左臂；失去了双臂，还有双腿。无论失去什么，都不要失去顽强的意志。一个人，只要能燃起活下去的斗志，那么他的生命将和正常人一样多姿多彩。

飞　翔

地震前的片刻，北川安详得像一幅水墨画。

出租车在一栋楼前停下，他提着书包下了车，抬头望着一处阳台上孩子的衣服，眼里流露出温情的光。

上了楼，站在五层东户门口，他平复了一下心情，按响了门铃。

门开了，她走了出来，抬头看到他，先是一愣，接着淡淡地说："你来干什么?"

"这里是我的家，我不能来吗?"他说。

"那是以前，别忘了，现在你和我已经没什么瓜葛了。"她的语气很冰冷。

他叹了一声，说："我是来看儿子的。"

她看到了他手中的书包，身子一侧，让他进去了。

他进屋时，5 岁的儿子正在茶几上绘画。

儿子看到他，高兴地叫了一声"爸爸"，叫完，又看看她，目光怯怯的。

他抱起儿子，亲了一口，说："爸爸给你买了新书包，还有画笔。"

他是个画师，儿子或许继承了他的特长，从小就对绘画感兴趣。以前，他常教儿子绘画，书柜里，几乎全是绘画方面的书。

但是，自从一年前，他和她因口角之争离婚后，就很少有机会和儿子在一起了。不过，让他宽慰的是，她并没有阻止儿子继续绘画。

他放下儿子，在沙发上坐下，然后从新书包里拿出画笔，说：“爸爸教你画鸟儿好不好？”

“好啊。”儿子拍着小手说。

他把画笔递给儿子，说：“你先画一个给爸爸看看。”

儿子拿着画笔，认真地画了起来，但是，一连画了三张，都不像。

他的脸色越来越难看。

“你没教儿子画鸟？”他瞪着她问，“难道你不疼爱自己的儿子？”

她淡淡地说：“儿子跟了我，你就不用管了。”

“我不是跟你说过嘛，画鸟有助于想象力的提高。”

“我为什么要按你说的教？咱们什么关系？”她鼻子一哼。

“你……”

他望了望桌子上放着的离婚证，无语了。

儿子抬头看看她，又看看他，说：“爸爸，妈妈经常教我画小猫小狗，我给你画一个吧。”

“不行，画鸟！”他怒吼。

儿子低下头，继续画鸟。

他的心里一软，伸手抚着儿子的头发说："孩子，无论画什么，都要抓住物体的特征，你说，鸟儿和小猫小狗最大的不同是什么？"

"鸟儿有翅膀。"儿子说。

"是啊，鸟儿有翅膀，它们才能够飞翔，所以，画鸟儿就要把翅膀画好。"

说到这，他的目光望向窗外，轻轻地说："爸爸要让你像鸟儿一样，在蓝天上飞翔。"

"我又不是鸟儿，怎么会飞翔呢？"儿子不懂，抬头望着他。

他看看她，对儿子说："会的，爸爸妈妈会给你一双翅膀的。"说着，他的手就扶在了儿子肩上。

就在这时，楼房突然一阵摇晃。

她一声惊叫。

是地震。他迅速地作出反应，抱起儿子，就往外跑。她也往外跑。

来到门口，他回头看看茶几上的书包，将儿子交给她，返身抓起书包，两人刚打开门，摇晃突然加剧。她将儿子放在身下，跪在地板上。他一呆，抽回往外奔的脚，俯下身，和她紧紧地靠在一起。

轰的一声，整座楼坍塌了。

当搜救人员发现他和她时，他们已经停止了呼吸，但是，他们身下的儿子却安然无恙。

所有的搜救人员和记者，都惊奇于他和她的姿势。他们的姿势很奇特，他的右手和她的左手紧紧地交叠在一起，而他们的另外一只胳臂，都向外伸着。

他们护在儿子背后，就像一对展开的翅膀。

已发表于《语思》2008 年第 7 期